AF206038

Tucholsky Wagner Zola Sc. Sydow Freud Schlegel
Turgenev Wallace Fonatne

Twain Walther von der Vogelweide Fouqué Friedrich II. von Preußen
Weber Freiligrath Frey

Fechner Fichte Weiße Rose von Fallersleben Kant Ernst Richthofen Frommel
Hölderlin

Engels Fielding Eichendorff Tacitus Dumas
Fehrs Faber Flaubert Eliasberg Ebner Eschenbach
Feuerbach Maximilian I. von Habsburg Fock Eliot Zweig Vergil
Ewald

Goethe Elisabeth von Österreich London

Mendelssohn Balzac Shakespeare Rathenau Dostojewski Ganghofer
Trackl Stevenson Lichtenberg Hambruch Doyle Gjellerup
Mommsen Thoma Tolstoi Lenz Hanrieder Droste-Hülshoff
Dach Verne von Arnim Hägele Hauff Humboldt
Karrillon Reuter Rousseau Hagen Hauptmann Gautier
Garschin Defoe Baudelaire
Damaschke Descartes Hebbel Hegel Kussmaul Herder

Wolfram von Eschenbach Dickens Schopenhauer Rilke George
Bronner Darwin Melville Grimm Jerome Bebel Proust
Campe Horváth Aristoteles Barlach Voltaire Federer Herodot
Bismarck Vigny Gengenbach Heine

Storm Casanova Tersteegen Gilm Grillparzer Georgy
Chamberlain Lessing Langbein Gryphius
Brentano Lafontaine
Strachwitz Claudius Schiller Kralik Iffland Sokrates
Katharina II. von Rußland Bellamy Schilling
Gerstäcker Raabe Gibbon Tschechow

Löns Hesse Hoffmann Gogol Wilde Gleim Vulpius
Luther Heym Hofmannsthal Klee Hölty Morgenstern Goedicke
Roth Heyse Klopstock Kleist
Luxemburg Puschkin Homer Mörike Musil
La Roche Horaz

Machiavelli Musset Kierkegaard Kraft Kraus
Navarra Aurel Lamprecht Kind Kirchhoff Hugo Moltke
Nestroy Marie de France Laotse Ipsen Liebknecht
Nietzsche Nansen Ringelnatz
Marx Lassalle Gorki Klett Leibniz
von Ossietzky May vom Stein Lawrence Irving
Petalozzi Platon Knigge
Pückler Michelangelo Kock Kafka
Sachs Poe Liebermann Korolenko
de Sade Praetorius Mistral Zetkin

Der Verlag tradition aus Hamburg veröffentlicht in der Reihe **TREDITION CLASSICS** Werke aus mehr als zwei Jahrtausenden. Diese waren zu einem Großteil vergriffen oder nur noch antiquarisch erhältlich.

Symbolfigur für **TREDITION CLASSICS** ist Johannes Gutenberg (1400 — 1468), der Erfinder des Buchdrucks mit Metalllettern und der Druckerpresse.

Mit der Buchreihe **TREDITION CLASSICS** verfolgt tradition das Ziel, tausende Klassiker der Weltliteratur verschiedener Sprachen wieder als gedruckte Bücher aufzulegen – und das weltweit!

Die Buchreihe dient zur Bewahrung der Literatur und Förderung der Kultur. Sie trägt so dazu bei, dass viele tausend Werke nicht in Vergessenheit geraten.

Rübezahl-Buch

Carl Hauptmann

Impressum

Autor: Carl Hauptmann
Umschlagkonzept: toepferschumann, Berlin

Verlag: tredition GmbH, Hamburg
ISBN: 978-3-8424-1422-8
Printed in Germany

Eigentlich ist die Sache ein unlösbares Geheimnis

Rübezahl, so heißt der Berggeist vom Riesengebirge. Warum der unheimliche Zauberunhold Rübezahl heißt, weiß niemand zu sagen.

Wer soll wissen, warum einer Trillhose oder Apfelstiel oder Sautrog heißt, der als ein leibhaftiger, ehrenfester Schuhflicker die steinigen Bergwege wandert?

Sicher ist nur, daß das Riesengebirge schon vor Zeiten weltberufen hieß, weil Rübezahl in dessen Höhlen und Gruben und Schluchten und auf dessen Hochmooren und Geröllhalden sein Wesen trieb.

Der frechste aller Pferdediebe und Necker. Der tollste Marktschreier und Bauernklotz. Auch der kühnste Musikant um Felsgetrümmer und um Krummholzknorren.

Und zwar heißt er Rübezahl schlechthin. Mit keinerlei Zunamen weiter.

Von Menschen wimmeln Millionen, alle nach ein und derselben Fasson allein in einer einzigen Großstadt durcheinander.

Von dieser Art Berggeist gibt es nur einen und immer denselben durch alle Zeiten. Er braucht von seinesgleichen, weil es Derartiges gar nicht gibt, nicht weiter unterschieden werden...

Das Geheimnis um Rübezahl ist alt wie die moosigen, grünspiegelnden Felsen, die in die feuchten Gebirgsschluchten hängen.

Oder so alt wie die weißen Schaumwasser, die in der Zackelklamm jeden Tag jung und neu über Schroffen und Steine zu Tale springen. Darin ein vom Ufer entführtes Holzscheit sich so lustig in den Strudeln dreht, als wäre die rollende, quirlende Jagd hinunter nur ein Spiel.

Nämlich Rübezahl ist selber alt wie die Steine. Vermutlich so alt wie die Riesenwoge aus Granit, die schon in Urzeiten zwischen Böhmen und Schlesien ausrollte und zum Riesengebirge erstarrte.

Und erst der wird uns das Geheimnis um Rübezahl wirklich lösen, der uns sagte, wann die ersten Wasser von den Bergen zu Tale rauschten?

Viele Menschen wollen Rübezahls Gunst und Gnade erfahren haben.

Noch mehrere seine niederträchtigen Tollheiten und gemeingefährlichen Tücken.

Einem würdeerstarrten Gerichtsherrn in Hirschberg soll er einen dicken Strohwisch statt eines gehenkten Diebes am Galgen hinterlassen haben. Unterdessen er selber mit dem Delinquenten in dem Ratsstübel in Hirschberg freche Lieder grölte und zechte.

Manche wollen ihn gesehen haben, als er die steile Schneewand zum Großen Teiche, den Wildeber vor seine erbärmliche Schlittenhitsche gespannt, als Junker mit wehendem Federhut johlend niedersauste.

Verwegene Schatzgräber, die von weit her, selbst aus Venedig kamen, behaupten, daß sie gemeine Holzspäne oder Kieselsteine daheim aus ihren Ranzen ausgeschüttet, die er ihnen in der Mitternachtsstunde als blinkende Goldstücke vor die Augen gegaukelt.

Und der sorglose Schneidergeselle Siebenhaar, der dann in Warmbrunn bis zum Lebensende ein ehrsamer Meister und Hausbesitzer wurde, führte seinen *Reichtum* auf eine unheimliche Angstnacht oben auf der Elbwiese zurück. Dort hatte er mit Rübezahl Kegel geschoben. Dieser Siebenhaar behauptete, daß ihm der Berggeist einen gemeinen Holzkegel in seiner Tasche auf dem Heimwege in einen schweren Klumpen Goldes verwandelt hätte.

Aber richtig gesehen hat Rübezahl keiner.

Oder vielmehr, das eben ist das Rätsel.

Ein jeder von denen, die einmal in seinem Banne waren, hat Rübezahl gesehen. Ein jeder *schwört*, daß er ihn Auge in Auge vor sich gehabt, leibhaftig wie einen alten Eichenstamm oder mächtigen Steinklotz. *Schwört*, daß Rübezahls Auge so listig gespielt hätte wie der Elbbrunnen mit den Sonnenstrahlen. Daß Rübezahls Mund gelacht hätte, wie das siebenfache Echo in den Schneegruben ladet, so hart und gellend. Daß Rübezahl ganz unvorhergesehen des Weges gleichsam aufgesprungen wäre, z. B. als verwitterter Jägersmann mit Stock und mit der Flinte. Kurz stampfend und pinkend und polternd. Und als wenn der vierschrötige Forstknecht eben noch mit fliegenden Windgeistern in der einsamen Bergluft gehadert. Oder daß Erlaucht als junger Junker zu Pferde, der mit der Sturmbraut um die Wette über die frischgrünen Moorwiesen dahinfegt, sich jach in das hohe Gras hingeworfen, um seine Goldmähre, die klapperdürre, aber schäumende und prustende Isabelle, eine Weile verschnaufen zu lassen.

Alle schwören, daß sie den Rübezahl leibhaftig gesehen hätten. Sogar als einen in die Lüfte in Menschengestalt sich aufhebenden und mit den Nebeln fortwirbelnden Heuschober.

Oder auch als Fuhrmann auf der Paßstraße nach Böhmen, unten vor dem Petzer Kretscham. Oder als Perückenmacher auf dem Jahrmarkt in Rotwasser. Oder als Eseltreiber. Oder wieder als einen großen Herrn in einem reich verglasten und reich bespannten Reisewagen.

Das *ist* eben das große Geheimnis, daß Rübezahl als der *Geist* des Riesengebirges mit Händen nicht zu packen ist.

Das ganze reiche Gebirge mit Wolken und Windhosen, mit spielenden Sumpflachen und Sonnenbrunnen, mit Felsknollen und Felsnasen am Wege in dunkler Nacht. Mit all den in Würden- oder Armutskleider maskierten Wandrern. Mit unzähligen Wetterfichten und Krummholzbüschen. Mit scheuen Wölfen und Bären in früheren Jahrhunderten. Mit Pferden und Kühen, Ziegen und struppigen Kötern: dieses ganze reiche Gebirge ist von jeher gewissermaßen nur der große *Kleiderspind gewe*sen, daraus dieser unbegreifliche Geist nach der Laune der Stunde geräuschlos jedes einzelne Stück herauslangen, es für sich aufblasen und darin öffentlich herumtumultuieren konnte.

Rübezahl erscheint seit Urzeiten in *tausend* lebendigen und toten Gestalten.

Er entwischt durch die Lüfte wie der Sturmreiter, nachdem er noch kaum als starrer Steinklotz am Wege gestanden. Und er entwischt durch die Stubenritze wie eine rote Maus, und hat noch eben beim Tanze in der einsamen Baude mit der Wirtstochter Kapriolen geschlagen und aus rostiger Kehle gejohlt und gejodelt. Auch »alt« und »jung« sind für ihn keine Namen. Das Geheimnis ist, daß kein Mensch je sagen kann, was der *Geist* der Berge eigentlich ist...

Freilich weiß auch der Mensch von sich selber nicht, was er *eigentlich* ist?

Auch der Mensch macht ewig Verwandlungen durch. Einmal ist er ein kleines Wickelkind an der Mutterbrust, das nur seltsame Käuzchenschreie tut und wimmert. Dann wieder, wenn es zufällig ein Knabe ist, muß er als ausgescholtener Schulbube im Winkel heimlich gegen das harte Menschenschicksal räsonieren. Oder liegt als frischer, junger Försterbursche, von Wildschützen schwer angeschossen, im einsamsten Sommerwalde, fast verdürstend und muß sich mit den Fingern im Waldgras bis zum Bache krallen, um zu trinken. Derselbe kann noch als alter, weiser, mächtiger Grünrock durch die Welt gehen. Und jedenfalls hat schon mancher Mann, der vorher ein kühner Weltkaiser war, im kostbaren Brokatstuhl als ein kranker, jämmerlicher, armer Schlucker sitzen müssen, dem sein Grab geschaufelt vor der Nase lag.

Dabei ist Versteckenspiel genug.

Und vielleicht wird man eine Ewigkeit brauchen, um auch hier ganz dahinter zu kommen.

Aber in *einem* Punkte ist uns Rübezahl sicher urverwandt. Wenn er in der großen Sturmwolke fliegt, braucht niemand zu fürchten, er wollte in alle Lüfte entfliehen. Man wird sich bald überzeugen, daß er sich nur als ein weißer, schwerer Wolkenflaum aufs Gebirge lagert und Steine und Schrunden einhüllt wie in weiche, weiße Wolle. So lose und frei er ist, scheint er doch heimlich wie mit Ketten und Banden an das Riesengebirge angeschmiedet.

Er hat gar keinen Sinn, z. B. nach dem Süden zu reisen. Wenn er mit seinen zauberischen Sturmtrompeten hinjagt, durchbläst er nur seine Heimatschluchten und Heimathöhen. Tummelplatz genug Sommers und Winters über die Krummholz umhegten Sumpflachen und über die freien Wiesen hin. Und um die umflüsterten Trümmerfelder, und die Felsgetüme, die vom höchsten Kamme als Nasen in die Täler sehen. Auch Schlafstellen und Schlupfwinkel genug, in die er heimlich entwischen kann. Und aus denen er dann nur seine herausfordernden Pfeifmelodien herausschrillt...

Dann noch eine andere Frage, die den Rübezahl betrifft!

Manche behaupten, er hätte einmal eine junge Grafentochter unten aus dem Warmbrunner Grafenschlosse geraubt. Die liebliche Komtesse hätte, beweint von den ihren, niemals wieder den Weg ins Tal herab gefunden, nachdem sie auf einer Frühlingswiese in den Vorbergen beim Pflücken silberseidiger Anemonen sich vertändelt. Und sie läge jetzt in die Elbquelle verwandelt oben frei auf der weiten Moorwiese gefangen und weinte und weinte. Und ihre kristallklaren Tränen rännen seit der Zeit ohne Unterlaß zu Tale nieder.

Welche behaupten sogar, daß man die junge, gräfliche Frau mit zwei lieblichen Kindern im Arm später eines Sonntags in der Warmbrunner Kirche leibhaftig gesehen hätte. Sie hätte in dem vornehmen Kirchstuhl, darein ihre Mutter, die alte Gräfin, mit ihrem samtdunklen Gebetbuch in weißen Händen immer zur Andacht eintrat, versunken betend gesessen. Nur erst wie sich die Kirche zu füllen begonnen, wäre sie wie ein duftender Weihrauchschemen tonlos fortgeschwebt. Die beiden Kinder hätten dabei immer deutlicher wie zwei junge Bärchen geschienen. Bis sich die bläuliche Wolkenbildung ganz erlöste. Niemand weiß auch hier, was daran wahr ist.

Vielleicht ist Rübezahl nur ein Wesen, das als kalter Hagestolz durch die Welt geht.

Oder vielleicht ist die junge Gräfin wirklich sein verwunschenes Weib.

Ich neige jedoch mehr der anderen Idee zu, daß Rübezahl in Urzeiten bereits die Riesentochter zum Weibe nahm. Und daß das Riesengebirge in seiner gedehnten Erdwucht und seiner ewigen Frühlingsfruchtbarkeit selber die verzauberte Riesentochter ist, die weithin in alle Lande sichtbar unter dem hellen Sommerhimmel aufragt oder gewaltig gedehnt unter den nächtlichen Sternen. Und daß Rübezahl, der seit alters versklavte Riese »Hin und Her« ist, der für die ewig fruchtbare Riesin wie das Vogelmännchen für die brütende Vogelfrau zu sorgen hat. –

Aber jetzt wollen wir erzählen, welcher Art die Menschen von Rübezahls Dasein Spur und Ahnung gewannen. So daß sie das Riesengebirge weltberufen nannten. Und wie sie schließlich Rübezahls Späße und Tücken, aber auch seine unerhörten Gunstbezeigungen so leidenschaftlich an sich erfahren haben, daß niemand seit alters an dessen Existenz hat zweifeln können.

Wir wollen neun Abenteuer vom Rübezahl erzählen. Nur neun.

Denn da Rübezahl alt wie die Bergquellen selber ist, würde einer mit seinem zahnlosen Kindermunde beginnen und mit seinem zahnlosen Greisenmunde aufhören müssen zu erzählen. Und er hätte doch nur geplaudert, wie die Welle plaudert, die von ihren Geschichten bis in alle Ewigkeit plaudern muß.

Erstes Abenteuer
Wie Rübezahl zwei lästerliche Schwartenhälse noch zu Dorfschulmeistern macht

Die Zeit liegt Jahrhunderte fern.

Damals sah nur das alte Adlerweibchen, das aus den besonnten Wolken sich senkte, tief unter sich das weite Bergland einsam liegen. Die Hochgipfel mit schwefelgelbem Flechtengetrümmer besät. Die hellerlichten Wiesen dunkel mit Krummholz betupft. Dazwischen kleine Tümpel wie blaue Wasseraugen. Und nur noch die Stürme umpfiffen die grauen Felsgestalten, die wie verwitterte Götterbilder verlassen ragten.

Damals führten nur vereinzelte, überwucherte Pfade durch verwunschenen Wald auf die freien Geröllhalden und Hochmoore und Klippen des Riesengebirges hinauf. Und wohl ein mächtiges Rudel äugender Hirsche sah einmal einen einsamen Kräutermann hochstapfen. Oder auch einen beherzten, waghalsigen Schatzgräber in der Sommernacht seinen Gang in die Berge tun.

Damals war Rübezahl erbittert.

Er hatte durch dreißig lange Jahre in den Engtälern des Gebirges und gelegentlich auf den einsamen Bergwegen immer nur Abschaum aus dem heillosen Kriege begegnet, der Deutschland verwüstete. Einzelne entwichene Schufte oder verirrte Reitertrupps, die sich nicht scheuten, selbst die armseligste Armut noch in den Bergschluchten zu schinden und zu plündern. Hatte natürlich dieses lose Gesindel auch immer mit langen Nasen und gebläuter Haut wieder in die Täler getrieben.

In dieser Zeit war Rübezahl manches Mal durch Dörfer und Städte unten, die Fäuste geballt und das Maul verächtlich verzogen, hindurchgeschlüpft, hämisch erregt gegen den Wahn aller Menschen.

Unten in den Ebenen hatte der Krieg die Menschenwohnungen vernichtet.

Viel verlassenes und zertrümmertes Bauwerk lag zwischen Waldflächen und verwucherten Feldern im Lande umher,.

In den Städten waren die Menschen nur noch ärmlich an Zahl und kümmerlich am Leibe. Und viel geängstigtes Volk hatte sich in die geplünderten Gassen und um die zerschossenen Kirchen geflüchtet.

Im weiten Deutschland waren diese langen Jahre hindurch Kriegsvölker in großen Heerhaufen von Ost und West, Nord und Süd gegeneinander marschiert, von dem Wahne gehetzt, als, wer einen falschen Gott in der Seele trüge, müßte sterben.

Da hatte Rübezahl hundertmal mit richtigem Bocksgemäcker gelacht, wenn er bedacht hatte, daß niemand da war außer ein paar mächtigen Königen, die es mit dem Schwerte entscheiden wollten, welches der falsche und welches der richtige Gott sein sollte.

Und wenn Rübezahl so von Orte zu Orte gehuscht, hatte er mit grimmigem Grausen in den eingeäscherten Dörfern Bauern an den Brunnenschwengeln baumeln gesehen, aus Hunger erhängt. Oder von den rohen Soldatenhaufen mit schmutzigen Fetzen der eigenen Lumpenkleider erdrosselt. Denn die Soldateska hatte mit den eingeschüchterten Landleuten überall die gotteslästerlichsten Biwakspäße getrieben. Hatte auch die irren Alten und die gescheuchten, verhärmten, erniedrigten Weiber gesehen, die im Schutte der Felder oder in den städtischen Trümmerhaufen herumscharrten. Und es hatte ihm manches Mal die Kehle geschnürt, so daß er lieber gleich mit Wut und Gelächter in alle Windlüfte hochgefahren und sich als Bergnase auf die höchste Kammhöhe aufgepflanzt, um dort oben in Freiheit und Sonne den Blutgestank und Leichengestank der Täler ganz zu vergessen.

Heute endlich raffte er sich.

Aus der Kehle eines grauen Steinpiepers ertönt in die Sonnenluft über dem weiten Flechtenfelde ein kleines Jubilieren, das den Jammer der Erde ganz vergessen ließ. Es war nicht nur wieder Frühling. Es war auch unten in den deutschen Ländern, die sich von seinem Hochsitze aus in die Ferne dehnten, endlich wieder Friede geworden.

In diesen Tagen waren ein paar alte Panzerreiter in ihre Heimat Hermsdorf u. K. zurückgekehrt. Ehemals Kuhknechte im gräflichen Hofe, als sie der Krieg mit fortriß. Hochmütige, freche Gesellen, die zwar nur niedrige Troßknechte im Regimente gewesen, sich aber jetzt vor den Dummen und Einfältigen daheim als Herren aufspielen und kommandieren wollten.

Die hatten ihre Schwerter zwar an den Nagel gehangen. Aber sie bliesen sich großartig auf, weil sie genug Plündergut rechtzeitig in Golddukaten verwandelt. Hatten sich auch gleich in den Sinn gesetzt, von den blutigen Kriegsstrapazen eine Weile völlig auszuruhen und nur einstweilen ein lustiges Leben zu führen.

Ehrenreich Kluge und Christoph Sommer. Jähzornige Kumpane. Noch immer zum Zeichen ihres tollkühnen, hartherzigen Wagemutes in ihre verbeulten und verlotterten Uniformen gekleidet. Beide Kürassiers aus der großen Landarmee des gewaltigen Schwedenkönigs, der immer auch wie ein geputzter und gepanzerter Riese auf seinem Riesenpferde gesessen hatte.

Beide jetzt freilich nur auf den hochgeschäfteten und eisengeschienten Beinen. Aber noch bis zum Rande Fluchens und Lästerns voll. So daß sie sogar Vater und Mutter nicht anders als mit einem: »Daß Euch der Hagel erschlage!« hatten begrüßen können.

Beide noch gleichsam Kanonenkugeln im letzten Fluge. Unheimliche Wirrbärte mit betrunkenen Glotzaugen, jeden Augenblick neu bereit, mit Menschen und Welt zu hauen und zu stechen. Die gedachten nun eines schönen Frühlingstages auch eine Wanderung ins Riesengebirge hinein und hinauf zu tun.

Ehrenreich Kluge und Christoph Sommer stelzten und stolperten mit den Stöcken fuchtelnd und brüllend, so daß ihr Lied von den Talhängen das Echo weckte, in die Agnetendorfer Engschlucht hinein. Sie sangen mit ihren vertrunkenen Kehlen einander akkompagnierend:

>> »Hermann, schla' Lärm an,
> Laß piepen, laß trummen,
> Der Kaiser will kummen,
> Mit Hammer und Stangen,
> Will Hermann ufhangen.«

So daß auch zwei Mägde, die einsam vor einen Pflug gespannt einen kleinen, abschüssigen Ackerstreifen rodeten, sich zurückbogen und ihnen hart hintendrein höhnten und lachten.

Und je wohliger die beiden Schwertfeger in der warmen Sonne den Bergweg stapften, je kühler sie die Luft aus dem weiten Bergkessel einsogen, desto toller gerieten sie in Galgenlaune. Verlangten sie wieder nach einem Feinde, der sich lohnte. Gaben dem Berggeist plötzlich die unziemlichsten, erbärmlichsten Namen. Und konnten sich nicht genug tun, immer wieder hinaus zu brüllen, daß sich der Herr der Berge wohl hüten würde, solchen erbarmungslosen Teufelsreitern, wie sie wären, seine verrufenen Späße vorzumachen.

Ihr rostiges, rauhes Gegröl scholl so vertrackt in das Brausen der Frühlingsbäche hinein, als könnten sie damit alle gurgelnden Bergstimmen übertönen...

Aber da flogen am glänzenden Frühlingshimmel schon Nebelfetzen.

Da kamen plötzlich auf ihrem Wege die winterlichen Blätterreste in Wirbelquirlen herangetanzt.

Da erwachten auch freche Pfiffe um die Waldstämme, wie aus den breitgerissenen Mäulern einer ganzen Herde Gassenjungen.

Und ehe die beiden hallunkischen Spötter nur noch einmal den blauen Himmel besahen, waren schon zwei Goldschlangen, als kämen sie von einem Baume hernieder, eine hinter der anderen, über den Waldboden und um ihre Beine herumgeschlüpft.

Da hätten sie wohl nur wie über ein entzündliches Feuerwerk rechts und links beiseite springen brauchen, wenn nicht in diesem einzigen Augenblicke auch schon ein ganzes Heer widerwärtiger, sinnverwirrter Fliegen um ihre Köpfe zu spielen begonnen.

Da gab es überhaupt keinerlei weiteres Besinnen.

Denn schon im nächsten Augenblicke brach kaum aus halber Baumhöhe wie aus vollen Eimern ein Wassersturz nieder.

Die beiden bunten Hänse standen unversehens in der dichtesten Finsternis.

Es verbreitete sich ein Donnergetümmel.

Es verbreitete sich in der höllischen, jachen Wetternacht ein derart stechender, pestischer Gestank, schlimmer wie dichtester Pulverdampf. So daß die beiden vom krampfhaften Husten und Niesen richtig wie geschüttelt waren. Aber schließlich besannen sie sich doch, daß sie alte, gediente Mordbrenner wären. Und versuchten neu die Mäuler zum Fluchen wieder aufzutun. Denn es war doch einen Augenblick wieder lichter geworden.

Da wurden die Regentropfen jetzt ganz groß und lang wie kleine Bologneser Glaskeulen. Begannen einzeln zu fliegen. Kamen immer jacher. Als wenn man ganze Scheunenböden solch harter Keulenkörner in den Lüften entleerte. Schlugen durch Harnischreste und Filzkleider derart durch, daß die beiden gleich bis aufs nackte Fleisch eisig trieften.

Hier war kein Entkommen weiter.

Von allen Seiten brausten schon unheimliche Geisterheere heran.

Sie mußten in aller verfluchten Teufelsgeduld unter einer furchtbaren, stockfinsteren Traufe stehen.

Dabei begannen jetzt sichtbar Goldkugeln am Himmel hin und her zu spielen, größer wie Bomben.

Die beiden Schwerenöter konnten sich wieder in einer wilden Feuerschlacht wähnen.

Und es wäre kein Ende ihres pitschnassen Grausens gewesen, wenn nicht einem jeden eine dieser großen Goldkugeln schließlich noch jach die Beine unterm Leibe weggerissen und ihn für eine Ewigkeit, so schien es, tot ins Waldgras hingebettet.

Da hat dann noch ein paarmal das erhabene Brausen und Branden des rübzählischen Gelächters von dem Grubenkessel her triumphierend widergehallt, als die beiden Kürassiers nur so als ausgeblasene Spottgeburten totenbleich und ohnmächtig im Waldmoose lagen, die Sperrmäuler in die alten Buchenwipfel aufgereckt.

Aber wie die beiden am Nachmittage wieder erwachten, war der Schwefelgestank im Walde verschwunden. Es roch frisch nach Harz und Baumknospen. Sonnenringel tanzten am Waldboden. Und ein grünfräckiger, alter Pantinengänger saß am Wege, um, wie es schien, eine Weile zu verschnaufen.

Der gutmütige Hudelkopf lachte die beiden pfütznassen Soldaten nur an.

Da konnten sich die beiden begossenen Lümmel zunächst nur langsam ermannen. Es schien ihnen noch immer, als wenn sie irgendwo als erhängte Strolche an einem Brunnenschwengel oder Buchenknorren gehangen und ihre blutdürstige Seele ausgehaucht hätten.

Jetzt freuten sie sich des demütigen Alten, der, zwei Kännchen voll Milch auf den Knien, vor ihnen auf einem Steine saß.

»Her mit deiner Milch. Hundsfott!« schrie Ehrenreich Kluge.

»Gerne«, sagte der hemdärmliche Bauer. »Nämlich es ist Gebirgskräutermilch, die macht hellsehend... deshalb kostet sie aber auch einen Golddukaten!«

»Mistbauer... halt die Fresse!« schrie Ehrenreich Kluge, der sich jetzt ermannte und aufsprang.

Aber auch Christoph Sommer, der sich fortwährend sein Narbenbein rieb, starrte nur lüstern in eine der Milchkannen.

»Willst wohl, daß ich dir gleich deine Hundsseele ausblase, Bulle!« schrie Christoph Sommer jähzornig.

Aber beide griffen doch gleichzeitig nach einem Golddukaten, deren ein jeder ein triefendes Ledersäckchen voll auf der Brust trug.

Denn der alte Bauer hatte nur wieder sehr pfiffige Augen gemacht.

Und andererseits hatten die beiden Kürassiers noch nicht einmal an ihre Pfeifen gedacht, die ihnen der Blitzschrecken aus den Mundwinkeln ins Gras geschleudert. Lechzten nur jetzt glotzäugig ein jeder nach einer Kanne voll Milch. Und ließen also je den blinkenden Goldtaler in der schwieligen Bauernhand ruhig einen Dukaten sein.

Gierten wie verhext ein jeder nur stier nach einer Kanne voll Milch. Und begannen auch sofort gierig zu saugen.

Da konnten sie saugen. Da hätten sie eine Ewigkeit saugen können.

Da versuchten sie die Kannen immer höher und höher in die Luft zu recken.

Da sogen sie wahrhaftig wie die ausgedörrten Verdammten in der glühenden Hölle.

Die Augen immer stierer gerötet im Kopfe.

Da sogen und sogen sie. Und sahen einander endlich an. Aber sie versuchten doch gleich von neuem zu saugen.

Sie hatten die Kannen jetzt ganz gegen den Himmel gestemmt.

Aber sie sahen einander nur wieder an.

Und dann sahen sie sich plötzlich auch um.

Da sahen sie es, daß der demütige Alte mit seinen Goldtalern längst schon in alle Winde gefahren war.

Hörten nur jetzt von der Bergwand sein allerniederträchtigstes Gelächter. Hatten da auch gleich die satanischen Milchkannen noch einmal mit einem einzigen jähzornigen Blicke gestreift. Hatten die Kannen ebenso entsetzt weit von sich geschleudert.

Hahahaha! Die Kannen hüpften einfach als eitel Felssteine in lustigen Sprüngen den Hang hinunter.

Da begannen sie wirklich mit Grund gegen Rübezahl loszuschreien:

»Du Sautopf... du gehenkter Habicht... du stinkige Spottlaus... du willst alte, ausgediente Kriegskameraden auf die Leimrute locken!«

Verschworen sich, daß sie nicht bloß neugeborene Kinder an die Häusermauern geschmissen und zehn Kaiserlichen auf einmal die Eingeweide aus dem Leibe gerissen, wie sie auch diesen niederträchtigen Berggeist an seinen Haderlumpen erwürgen und an den ersten besten Buchenast henken wollten.

So von frechstem Hohn und lästerlichstem Gelächter neu aufgestachelt, stolperten die beiden Kürassiere trotzig und stolz in die Schneegrube weiter.

Da kam ihnen eine vornehme, gräfliche Kutsche mit zwei jungen Isabellenpferden entgegengefahren. Hinten auf dem Trittbrett standen zwei riesenköpfige, reich vergoldete Pagen, die wunderlicherweise die Füße gleich am Leibe hatten.

Der vornehme Herr selber im gläsernen Wagen mochte wohl ein Kriegsoberst sein. Jedenfalls trug er einen sehr verächtlichen Blick zur Schau.

So daß die beiden Panzerreiter sich peinlich sofort erinnern mußten, ganz entsetzlich demoliert auszusehen. Fluchen und Tirilieren völlig vergaßen und nicht anders wähnten, als ob ein Bote des großen Schwedenkönigs von neuem jetzt ihren einsamen Bergweg kreuzte.

So begannen sie nur fortwährend eine tiefe Referenz zu machen.

Und weil der reichgekleidete Kriegsoberst sogleich halten ließ, um ihnen als wohlverdienten Soldaten je einen Beutel Goldes zu überreichen, dienerten sie nur ohn Unterlaß weiter bis fast auf die harten Steine am Wege, und fragten am Ende sehr demütig, wo man wohl hier des Weges auf das Gebirge hinauf käme?

Da hatte ihnen der barsche Kriegsoberst den Weg grade hinein in die Agnetendorfer Schneegrube gewiesen. Mit einem Schalksblick zu dem Zisterzienserpater hin, der im Wagen neben ihm saß. Und der ergraute Mönch hatte noch ausdrücklich dazu gesagt, sie möchten mit Gott wandern und nicht furchtsam sein. Und furchtsam sind natürlich Leute nie, die der Todesschrecken hundertmal aus Mannes- und Weiber- und Kinderaugen angestiert.

Also ging es noch eine Weile gegen die Schneegrubenwand vorwärts.

Dort gesellte sich den beiden, wie das Isabellengespann längst wie ein Sturmwind zu Tale gefahren war, auch noch ein kropfiger, kurzatmiger Dümmling, der wie jeder von ihnen eine Pfeife ins Maul eingepflanzt trug. Und der die wenigen Worte: »Er wüßte den Weg... er ginge denselben Weg fürbaß!« auch nur mit Tabaksqualme gleichzeitig ausstoßen konnte.

Nun ging es, der Dümmling vor ihnen oder bald über ihnen, felsan. In das Licht des Abends hinein, das von hoch oben den Hang niederfloß. – Ewig felsan.

Das hatte gar kein Aufhören.

Und nachdem sie so versunken lange geklettert waren, deuchte es jedem der Kürassiere, als wenn der bucklige, kropfige Kerl, der über ihnen ins Beerenkraut geklammert hing, plötzlich noch einen zweiten Buckel gegen das Licht bekäme, der meterlang in die Luft hineinwuchs.

Aber diese sonderbare Verschiebung ging in der Mühsal des Kletterns vorüber.

Später deuchte es Sommer wieder, als wenn der Dümmling eine Weile wie ein Riese ins Licht aufwüchse, von feurigen Zungen umflossen. Aber er sah den Trottel auch ebenso schnell wieder sich zusammenziehen, so daß er nur klein wie eine Ameise am Hange aufkroch.

Auch das vergaßen die beiden uniformierten Bergsteiger völlig, weil sie jetzt schon gehörig achtgeben mußten, keinen falschen Schritt zu tun.

Dann, wie sie weiter aufkrochen, begann dasselbe Spiel freilich auch mit den kleinen Stauden und Beerensträuchern vor ihnen, nach denen sie fortwährend greifen mußten, um wenigstens *daran* einen kümmerlichen Halt zu finden.

Die winzigen Büschel ragten gegen den hohen Abendhimmel oft ganz plötzlich so groß wie reiche, goldene Bäume. Obwohl sie auch ebenso rasch wieder zu den winzigsten Stöckchen zusammenschrumpften.

Nur wurde das alles immer toller.

Denn jetzt fing der ganze Hang vor ihnen wie mit kleinen, roten, warmen Feuerzungen zu brennen an. Und in den Lüften, die ihnen vom höchsten Absturz leise entgegenflossen, klang feines, lustiges Gelächter wie aus Kinderkehlen.

Und das Blut der beiden war vom Steigen schon fieberhaft erhitzt und voll Schrecken vor der Tiefe.

Es *mußte* jetzt felsan gehen.

Denn wenn sie unter sich in die Tiefe sahen, so lag der Grund längst jäh und fern.

Die Wiese tief unten mit dem großen Bergschatten, die riesigen Steinblöcke, Erle an Erle den Bach säumend, alles war jetzt zurückgeschwunden.

Ihre rufende Stimme zerflog leer wie ein jähes Echo.

Und wenn sie hochsahen, mußten sie es mit leiblichen Augen erleben, daß sich die schroffe Felswand bei jedem neuen Schritte immer hoffnungsloser in den Abendhimmel türmte.

Da fingen in ihnen an, alle Stricke neu zu zerreißen.

Da packte sie schon heimlich der Jähzorn.

Da begannen sie Verwünschungen gegen dieses Satansunternehmen zu dem kropfigen Dümmling hochzubrüllen.

Und der kropfige, huckige Trottel war bei diesem Satansunternehmen sogar sehr lustig geworden.

Er wußte offenbar in den Bergen Bescheid.

Er hatte sich eben auf die äußerste Spitze einer weitherausstehenden Felsnase behaglich mit den unheimlichsten Langbeinen baumelnd hinausgesetzt.

Er brüllte das Kriegslied in alle Lüfte:

>>Hermann, schla' Lärm an,
Laß piepen, laß trummen,
Der Kaiser will kummen,
Mit Hammer und Stangen,
Will Hermann ufhangen.«

Und hing auch schon am letzten Fetzen seiner Lumpenkleidung von der Felszacke über dem Grunde. Zappelte schon zwischen Himmel und Erde. Schrie wie ein bösartiger Wechselbalg jämmerlich um Hilfe. Lachte dazwischen so höhnisch und hart, wie wenn Steine aufeinanderschlügen. Sang und brüllte von neuem.

Und ehe noch die beiden Schwartenhälse ihr blaues Wunder in den Berglüften sahen und in ihrem Schrecken die Pfeifen aus den Mäulern rissen, sauste auch schon der halunkische Kerl wie ein zusammengerollter Igel, aus allen Blasebälgen mit hundertstimmigem Ferkelgequiek und Brummbaßgezeter juchzend, zu Tale.

Da waren die beiden mit ihrer Geduld gegeneinander auch am Ende gewesen.

Da hatte sie gleich ihr toller Jähzorn völlig blind gemacht.

Da hatten sie nur noch ein tolles Brausen in den Ohren. Und schlugen schon mit ihren Fäusten und Pfeifenköpfen in sich hinein.

Begannen ein blutgieriges, sinnloses Sichbearbeiten.

Griffen Beerensträucher und Rollsteine vom Hange, um sie einander wütend in die Augen und an die Brust zu schleudern. Hatten einander mit Klammerarmen umgriffen, um sich unbarmherzig die Kehlen zu würgen.

Und es wäre ihrer gehetzten Wut kein Ende gewesen, wenn ihnen nicht Rübezahl einfach jetzt die Füße unterm Leibe noch vollends weggezogen, sie ebenso rasch ins tollste Rollen gebracht und sie zu hunderten Malen kopfüber purzelnd den Hang in ihrer wütenden Umkrallung unaufhaltsam hinabgerissen.

Da lagen sie unten, die Arme noch fest ineinander verklammert. Und wußten von sich und der Welt nichts mehr.

Sie hörten weder das feine Kinderstimmengelächter, das über Beerensträucher und Blumenköpfe noch immer lustig und leise wie das Piepen schlafender Vögel hinging. Noch hörten sie auch den großen Grünspecht lachen, in den sich der Dümmling unterdessen verwandelt hatte.

Die beiden Kürassiers sollen von ihrem Sturze, die Agnetendorfer Schneegrube nieder, völlig zur Besinnung erwacht sein. Wie sie die Augen endlich neu aufgerissen, schwuren sie einander sogleich, in friedliche Zustände heimzukehren. Nach dem großen Kriege waren männliche Hilfskräfte auf allen Gebieten sehr rar. So entschlossen sie sich ein jeder, in einem kleinen Gebirgsflecken Schulmeister zu werden, um der Welt auch noch etwas von ihrer Weisheit zugute kommen zu lassen.

Heimgekommen dachten sie freilich auch an den Goldbeutel, den einem jeden der vornehme Kriegsoberst aus der Glaskutsche ehrend herausgereicht, als der aus der Agnetendorfer Schneegrube gefahren kam. Aber auch der Beutel war unterdessen ganz leicht geworden. Sie fanden darin nur ganz unvergoldete Pferdeäpfel.

Zweites Abenteuer

Wie Rübezahl den hartherzigen Grafen von der Bolzenburg in eine Mücke verwandelt

Es war auch ein Morgen im Frühling. Wie zur Zeit, als die ausgedienten Kürassiers sich ihr Mütchen kühlten.

Die Quertäler herauf hing die Blüte über den niedrigen Obstbäumen. Und dahinter versteckt lagen die winzigen Hütten mit ihren schwarzen Querbalken in weißem Grunde.

Der große Krieg lag schon in weiter Ferne zurück.

Rübezahl hatte als Wasseramsel im Uferloche geschlafen, als vor seinem Neste im schäumenden Zackenwasser eine alte Forelle jach in die Morgenluft platschte und ihn gleich zum rechten Leben aufgeweckt.

Frühling! Man denkt: Frühling sei jung wie ein Kind.

Frühling ist so jung wie ein Lied, das eben erst aus der Blutwelle aufsteigt und Klang und Seele wird.

Aber Frühling ist auch nur wieder ein himmlisches Kleid, das an einem uralten Steindinge lebendig wird.

Also summte und sang jetzt auch der uralte Berggeist sein Frühlingslied in die Lüfte wie der schneehaarige Fiedelmann die junge Liebe.

Rübezahl war als ein mit Apfelblütenhauchen reich getränkter Windstoß sanft und linde die Schlucht immer höher unter jung knospenden Buchen hinaufgefahren, ließ sich von einem liebesgeschwellten Auerhahn auf dem obersten Fichtenwipfel durch ein buhlerisches, versunkenes Getöse erlustigen und erschüttern. Schüttete im Vorüberwehen einem jungen Baudenweibe Goldblätter in den Eimer, darin sich der Morgen mit spielenden Seidenfarben fing.

Dann war er eine Weile hoch oben zu einem Steinklotz erstarrt am Hange stehengeblieben, die Seligkeit des neuen Frühlingslebens ganz in sich auszukosten. Ließ sich nur still von der Sonne bescheinen. Und horchte ewig: indessen das Aufbrechen der Knospen an Staude und Strauch und in Gras und Moose heimlich knisterte.

An diesem Tage hatten auch die Menschen unten im Tal Sonnenschein im Blute und Lebensmut genug.

Den Bauern trieb es vor sein Kuhgespann auf die erwachenden Winterfelder.

Die junge Wirtstochter aus dem Dorfkretscham tänzelte mit feucht angeklatschtem Blondhaar mit zwei tüchtigen Holzkannen an den Wassertrog und sah sich um, ob nicht wenigstens die gackernden Hühner oder die Schar Sperlinge auf der einsamen Straße sähen, wie schön sie sich am Frühlingsmorgen tummelte.

Auch der weißhaarige, magere, gräfliche Herr auf der Bolzenburg räkelte sich mit verkniffenen, prüfenden Augen im Himmelbett in den Sonnenstrahl hinein. Sprang auf und hieß schon jetzt einen seiner vielen Diener sein Leibpferd satteln, was das Zeug hielt.

Denn an einem solchen Frühlingsmorgen ist der junge Gott in aller Blute gefahren und will hinausspringen. Und weder die arme Kuhmagd noch der sprödeste Monokelherr kann sich in solchen Augenblicken halten, nicht aus der Rolle zu fallen und heimlich zu simmsen, wie eine glückliche, junge Fliegenmutter.

So kam es also, daß der alte Edelmann, einer Derer von Bauchwitz oder Strauchwitz, der im Talgrunde weites Ackerland und Buschwerk und auch diese reiche Burg besaß, sich eilig in die höchste Turmstube begab, noch gleich im schlohweißseidenen, wattierten Morgenmantel überm seidenen Hemde. Und daß er dort oben nur ganz selbstvergessen lange ins Frühlicht hinaus und fern auf die ganz in Gold getauchte Koppe starrte.

Rübezahl haßte den Ritter.

Der alte Edelmann war als ein hoffärtiger, jähzorniger Herr bekannt, der die Fronen seines Gesindes hart eintrieb und Bürger und Bauern verachtete.

Rübezahl haßte ihn auch, weil er früh und spät auf den Beinen mit der Büchse beständig hinter den grazilsten Rehböcken und den königlichsten, alten Hirschen der Wälder herjagte, die er in ganzen Rudeln zur Strecke brachte.

Er hatte ihm schon während des letzten Winters einen Schabernack angetan. Hatte die Stäbe des hohen Lattenzaunes am Wildgarten nur so im kühnsten Sturmflockenwirbel in die Lüfte geführt und die eingegitterten Waldtiere in alle Winde getrieben.

Jetzt war neu Frühling. Und der gestrenge Edelherr stand im weißseidenen Morgenmantel bar und bloß in der Turmstube, starrte nur die weitschwingende Linie des Gebirges an, die wie ein fernes Schemen im blendenden Lichte lag. Und dachte: »Hinauf und hinan!« die Welt einmal aus der Höhe zu besehen, noch höher wie seine Burg und sein Herz.

Und wie der stocksteife Rittersherr im langen, grauen Spitzbart endlich in seiner leichten Ritterrüstung und Helmzier gestiefelt und gespornt auf der besonnten Freitreppe stand, lachte er zum ersten Male barsch hinaus, weil er in dem Burghofe ein ganzes Fähnlein bunter Reiterei in der Frühlingssonne seiner harren sah.

Ganz nur ausgefüllt von dem *einen* brennenden Triebe, hoch oben auf dem Riesenkamme mutterseelenallein durch die Frühlingssonnenwelt zu reiten, hatte er sich nur unversehens auf den Goldfuchs mit heller Mähne geschwungen. Hatte herrisch zurückgewinkt, daß die Schar Diener bliebe, wo sie wollte. War in die mächtigen Silberbügel gestemmt durch das Burgtor hinausgesprengt. Und war der alten Gräfin, die mit einem Fliederbusch im Goldhäubchen am offenen Burgfenster zu winken versucht, und der pikierten, runzligen Kammerfrau, die sich heimlich hinter eine Gardine gedrängt, bald aus den Augen.

Aber den Goldhelm des Herrn, auch wie er jetzt in die Bergschlucht hineinritt, umspielten bedenkliche Mengen schwarzer Schlänglein, all die Hartherzigkeiten, die ihm vom Tale nachflogen.

Schon das dörflerische Frühleben hatte den weiberlaunischen Grafen gleich in leisen Verdruß gebracht. Der Dunggestank und das Hähnekrähen mit dem wüsten Gekläff frecher Dorfköter war seinem tänzelnden Goldfuchse ein paarmal so nahe gekommen, daß sogar das frohe Pferd unversehens hinter sich geschlagen.

Und weiter oben hatten sich die Mienen des alten Ritters von Bauchwitz in noch unbarmherzigere Falten gelegt, weil der in seine Arbeit vertiefte, plumpe, gebeugte Ackersmann, der am steinigen Dorfhange mit einem Kuhpfluge Furchen zog, seines grundherrlichen Erscheinens und Vorbeireitens gar nicht achtete.

Aber oben lag der Frühling. Lagen die freien Hochmoore voll Glanz und Blumen. Ragten die Felsgetürme. Die spitzige Veilchenkoppe war nahe. Der beblühte Hang dehnte sich hinab. In der Morgenferne schwammen die bläulichen Bergwellen, in Tinten ganz weich. Zogen still der Sonne entgegen, die als Goldscheibe im Himmel hing. Und ein Rieseln und Flüstern in den Kammgräsern. Eine leise Pfeifmelodie um die Steinblöcke. So daß der verfinsterte Edelmann jetzt doch wohl oder übel die reine Sonnenluft eintrinken mußte.

Der alte Graf hörte das hohe, helle, jubilierende Klingen, das in den Lüften über den Kammwiesen wogte. War von seinem Goldfuchse ins Gras niedergestiegen, hatte sich die steifen Glieder grollend ausgetreten und hatte jetzt auch dem Luftsänger im blauen Himmel eine Weile zugesehen und zugehört. Freilich konnte niemand wissen, daß Rübezahl als dieser Steinpieper in den Lüften hing. Und daß der heimlich zitterte, dem hartherzigen Rittersherrn gerade jetzt ein Schnippchen zu schlagen.

Der Steinpieper war längst wie ein Pfeil ins Krummholz niedergefahren. Er ragte schon als hell besonnter Wurzelstock dicht neben dem Edelherrn aus der Erde heraus, nur gewärtig, daß sich der sorgenbefreite Mann mit der Helmzier endlich auf ihm würde behaglich zum Ausruhen niederlassen.

Aber da lag der blanke Rittersmann auch schon hinterrücks in der Moorlache drin.

Mitten in Moorzotteln. Ritterstab und weiße Handschuhe triefend schwarz.

Und der Herr rief natürlich kläglich nach seinen Dienern. Indessen der Steinpieper schon wieder sein höhnisches Gezwitscher in den Lüften hören ließ.

Und rings nur einsames, weites, buntes, steiniges Sonnenland. In allen Fernen keine Menschenseele.

Ein kleiner Erdmolch hob in der Nähe sein schwarzgelbes Köpfchen in die Luft und witterte. Aber der konnte unmöglich des besudelten Ritters Diener sein.

Da hatte sich der Graf zum Aufstehen aus der Pfütze und zu seiner Toilette schließlich selber bequemen müssen. Hatte sein Leibpferd persönlich herangeholt, gänzlich verbittert im Gemüte und hart die Lage verfluchend. Und hatte sehr spät den gespornten Stiefel wieder in den mächtigen Steigbügel hinaufgehoben.

Da bemerkte er plötzlich fern in den Kammwiesen eine unglaubliche Liebesaffäre.

Er stellte den Fuß noch einmal auf die Erde zurück. Und spannte gleich mit hartherzigem Blick.

Es konnte gar kein Zweifel sein. Dort hinten im Licht saß auf einer morschen Holzbank, halb hinter einem Krummholzbusche verborgen, ein krummrückiger, klotziger Bauernknecht, der Gott in diesem Lenzlichte mit Liebesgetändel den Tag abstahl. Gar kein Zweifel, daß sich hier oben vor des erleuchten Herrn Augen ein junger Kuhknecht aus dem herrschaftlichen Gesinde... mit wem?... der strenge Herr traute wahrhaftig jetzt seinen Augen nicht... mit einem jungen Adelsgespons im silberseidigsten Kleide Liebkosendes zu schaffen machte.

Da saß der jähzornige Graf plötzlich wieder fest auf seinem Goldfuchse angeklammert. Da hatte er dem frohen Tiere mit der hellen Mähne die Sporen nur so in die Weichen gehauen. Und schwang im jachsten Jagen gellend und pfeifend die langrollende Russenpeitsche, die er vor Aufregung kaum hatte aus der Sattelbandage lösen können. Ritt, als wenn er Rübezahls Isabelle selber unterm Leibe hätte, dröhnend über die Moorwiesen ins Weite.

Schrie in den Lüften Befehle und Flüche.

Ritt und ritt.

Brüllte und fluchte im wildesten Hinrasen über des niedrigsten Knechtes frechste Frechheit.

War in seiner ritterherrlichen, blinden Wut gar nicht mehr zur Besinnung zu bringen, obwohl der plumpe Bauer mit seinem Adelsliebchen nur immer wie der Sturmwind vor ihm her in die Ferne zog.

Und der bügelgestemmte, blankgepanzerte Adelshochmut wäre bis an den jüngsten Tag so in sinnlosem Wüten fortgeritten, wie der

Mensch hinter dem Glücke her, wenn nicht Rübezahl selber die fliegende Luftjagd satt bekommen.

Bauer und Edelweib versanken plötzlich vor dem Grafen in ein Krummholzbuschwerk hinein.

Da dachte freilich der von Zorn und Schweiß rauchende Ritter die beiden erst richtig zu erjagen.

Er war im Fluge von seinem dampfenden Goldfuchse abgesprungen, Sumpflöcher und Blöcke und Knieholzäste wie ein langer, taumelnder Springer überstürzend, und wähnte sich endlich am Ziele. Zog die gewundene Knutenpeitsche hundertmal über den plumpen Rücken des verächtlichen Bauernklotzes und des ehrvergessenen Fräuleins her.

Hörte ihr greuliches Jammergeschrei.

Hörte zwar auch schon ein tolles Juchheen dazwischen. Und stockte.

Schlug noch sinnloser, und stockte wieder, die Augen weiter und weiter aufreißend, als seine Armkraft doch schließlich zu Ende ging. Und mußte nun erst erleben, daß nur zwei einsame, starre, graue Götzensteine vor ihm stumm und unschuldig in die Sonne ragten.

Da waren die Blicke des hoffärtigen Herrn scheu und erschöpft in sich hineingekrochen, und sein Gesicht war länger geworden wie so ein alter Granitklotz selber.

Vielleicht wäre da gar nicht mehr nötig gewesen, daß dem in seinen Grundfesten erschütterten Rittersherrn ein heulender Windstoß auch noch Bandelier und Helmzier samt der Knutenpeitsche vom Leibe gerissen und fortgetrieben.

*

Der alte Ritterherr von Bauchwitz soll an diesem Tage klein wie eine Mücke heimgekommen sein.

Nicht auf seinem Goldfuchse.

Den hat Rübezahl selber mit Geschrei wie ein richtiger Fuhrknecht über Stock und Stein zu Tale und in den Schloßstall getrieben.

Denn Rübezahl hatte den hochfahrenden Edelherrn doch in seiner Gutmütigkeit davor bewahren wollen, in der ganz demolierten und vernichteten Herrlichkeit durch das Schloßtor einzureiten.

Er hatte also den alten Grafen zunächst nur als Mücke auf einem Wasserstar festgehalten und ihn dann auf dem Zweige eines jungen Apfelbäumchens in den Bachwellen weiter zu Tale fahren lassen, ohne daß der Graf überhaupt dabei wußte, wer er war und wie das alles zuging.

Der hartherzige Edelmann war von diesem Frühlingsritt ganz wortkarg in seiner Burg wieder aufgetaucht. Er war aus seinen Gedanken seit der Zeit nicht mehr richtig aufzuwecken. Er war ganz kleinlaut geworden. Wenn er sprach, redete er ganz unverständliche Worte vor sich hin. Die Dienerschaft begriff niemals, was eigentlich passiert war.

Der Graf behauptete immer, daß er durchaus nicht mehr der Graf, sondern nur ein winziges Insekt wäre.

Das hat er sich weder von seinem Leibarzt, noch von seinen liebsten Verwandten ausreden lassen.

Mit diesem Worte auf den Lippen ist er auch dann sanft entschlafen.

Aber Rübezahl soll doch auch einen Kranz aus goldenen Krummholzzweigen selber auf des alten Edelmanns Grab niedergelegt und mit unerhörter Baßstimme unter der Grabbegleitung mitgesungen haben.

Drittes Abenteuer

Wie Rübezahl wegen eines Stammvaters der Hechte Rache nahm

Dieses Ereignis fällt in den Hochsommer.

Der Waldboden der Lichtungen hatte sich mit Weidenrosen, rot wie liebliche Frauenkleider, überwuchert.

Rübezahl trieb sich umher so recht wie einer, den die Julisonne nicht ruhen läßt.

Er rollte und rann, fauchte und tobte, pfiff und sang, tirilierte und wußte der lustigen Schwänke keine Grenzen.

Er kam unter dem Steingeröll hervor als braunkariertes Schlänglein, blickte mit tiefen Stecknadelaugen. Hatte dabei wohl eine blitzende Krone auf der flachen Schlangenstirn. Wand sich des Weges in Sonnenstrahlen. Schlang sich um Felsblöcke.

Und wenn ein Wandrer danach greifen oder gar schlagen wollte, wisperte das kleine Ding mit schwarzer Nadelzunge, als wenn es den ganzen Haß des menschlichen Störenfriedes sogleich damit aufspießen und durchlöchern könnte.

Mancher Roßtäuscher, der Koppelpferde von Prag die Bergwege nach Polen ritt, mußte auf der Hut sein vor seinen Streichen, die aus Boden oder Luft unerwartet aufwuchsen.

Der Herr der Berge kam auch wohl an solchem Sommertage auf seinem Bocke geritten, wild und mit Getöse, gleich wie ein ganzes Rudel fetter Sommerrehe kommt.

Und die Rosine Sender, die mit flatternden Röcken und aufgepluschtem Hemde, weil der Bergwind alles an ihr noch mehr aufblies, auf der einsamsten aller Bergwiesen stand und das lange Nadelgras samt den bunten Blumen in dünne Schwaden hinschnitt, hielt inne, wenn Gemecker hinter ihr hörbar wurde und die Steine aufsprangen. Sie wagte dann nicht, den Kopf zu drehen, weil sie genau wußte, daß der Meister Rübezahl mit einer Ritternase von einer halben Elle Länge hinter ihr vorbeistob.

Aber obzwar jede einsame Kuhmagd heimlich erbebte und sich nicht zu rühren gewagt, die vorher oben in der freien Sonnenhöhe ihr Lied geträllert: etwas Tolles hatte es dabei gewöhnlich doch gegeben. Und wenn es nur gewesen wäre, daß der vergnügte Bockreiter der Jungfrau mit der Sense einen verzwickten Ziegenbart an ihr sonnenbraunes Kinn angedreht.

Oder Rübezahl, der wie der Wind in Schluchten unten und oben in den Kammwiesen und an vielen Stellen zugleich wehen konnte. Auch auf den lichten, staubigen Landstraßen von Schmiedeberg nach den Grenzbauden. Oder im Dunkeltal, dessen Hütten jetzt sommerhell an den Hängen klebten. Rübezahl tollte in dieser Zeit als tanzendes oder widerwilliges Rad auf dem Wege nach Großaupa hinunter.

Tanzte, rollte, turkelte und lag. Erhob sich wieder, wenn der atemlose Rademacher es noch kaum zum Stehen gebracht. Ließ den Rademacher einherspringen. Oder lag plötzlich auch wieder als Zentnerlast am Wege und ging ebenso mir nichts dir nichts wie eine leichte Feder in die Lüfte fort.

Wenn so etwas geschah, wußte dann jeder Rademacher gleich, wer ihn an der Nase geführt. Und er wußte es auch, daß Fluchen und lästerliches Gerede die Sache nur schlimmer, nicht besser machte. Daß dann der Mensch nur stillhalten mußte, wenn er dabei auch seinen Atem aus dem Blasebalg beinahe ganz auspfiff. Da durfte keiner die Lammgeduld verlieren, wenn er nicht obendrein noch mit einem Ochsenkopfe statt seines eigenen in die Bergschenke eintreten, oder gar die Besinnung verlieren und unter einem stinkenden Ziegenkadaver auf einer Geröllhalde irgendwo sich wieder neu entdecken sollte.

So war es auch heute gegangen.

Rübezahl war im Tale gewesen.

Er hatte es umständlich erfahren, daß ein Troß hoher Herren im Gefolge des gräflichen Erbherren den schönsten Julitag nutzen wollte, um sich auf der höchsten Höhe über der Welt einmal richtig zu belustigen.

Damals hatte Rübezahl immer auch etwas zu streiten und zu hadern gegen die großen Herren, die ihm sein Revier von Jahr zu Jahr mehr und mehr zu beschränken suchten.

Deshalb stieg Rübezahl nicht etwa mit seinen langen Beinen selber wieder auf die Höhe zurück. Er war vornehm gelaunt. Er hatte sechs Isabellen aus den Lüften gerufen, um dem Erbherrn unten zu zeigen, daß auch er sich nicht weniger lumpen brauchte.

So fuhr er also mit sechs Edelpferden, hell wie die Sonne, mit blauen Schabracken und vergoldetem Lederzeug. Saß in der Kutsche. Lümmelte sich und lachte. Und strich seinen großen Försterbart.

Aber schon, wo der Weg in den Tabaksteig mündet, ärgerte ihn das Gerattere eines Topfwagens, den ein junges Gebirgsweib mit einem Hunde zusammen zu Tale zog. Und obzwar Rübezahl nicht gewillt war, dem versorgten, jungen Frauenzimmer Böses zu tun, da er es jetzt in Gedanken nur mit den hohen Edelherren zu tun hatte, so ließ er doch die Posaunensturmstimme einen Augenblick zornerregt aus der Höhe in die Töpfe blasen, so daß die junge Frau samt ihren Töpfen richtig ein Stück durch die Luft ging, und Töpfe und Teller wie beim Polterabend in tausend Scherben zerbrochen plötzlich am Wege lagen.

Das Weib stand freilich gleich danach wieder fest auf seinen Beinen. Aber mit jämmerlichem Geschrei. Nicht anders, als wenn der Satan selber ihr einen Possen getan. Erinnerte sich allerdings von ferne, daß sie grade vorher einen bösen, häßlichen Gedanken mit sich getragen.

Aber weil Rübezahl darin ein richtiger Weichquark war, daß er Jammergeschrei durchaus nicht ertragen, dann noch lieber den Schaden tragen wollte, hatte er dem Jungweibe seine Geldbörse aus seinem Wagen zugeworfen. Fuhr und fuhr den jähen Tabaksteig heilstoll hinauf. Landete an der Grenzschenke und machte da mit Wirt und Gesinde, mit der kleinen Kinderschar und Enten- und Gänse- und Hühnerschwärmen nicht viel Federlesens mehr, als wenn der Sturmwind sie alle in Ehrfurcht und Schrecken vor seiner Hoheit zu Paaren trieb.

Da sprang und wirbelte alles mit Käsen und Milchkannen, Rahmschüsseln und Schwarzbrot, mit Eiern und gebackenen Kuchen hin und her, als gälte es einen kleinen Herrgott selber eilig mit den schönsten Nährmitteln zu versehen.

Die sechs Isabellen standen vor dem Prunkwagen vor der Tür und scharrten.

Und man konnte denken, daß auch die gestiefelten Goldknechte, Diener und Pagen nur himmlisches Gesinde wären.

Es war Sommer.

Und sommers mußte auch der Rübezahl seinen Reisewagen schirren.

Rübezahl hatte natürlich bloß an ein flüchtiges Halten vor der Grenzschenke gedacht.

Ihn plagten längst allerhand andere Gedankenspäne. So daß er beim Verzehren des größten Eierkuchens in der Grenzschenke den Mund kaum auftat. Und daß er es nicht einmal fertigbrachte, seinen irdenen Teller in einen silbernen zu verwandeln. Und also der Teller halb noch im Irdenen steckenblieb. Bloß weil er es mitten im Tun schon vergaß, um zu tolleren Gedankenspielen überzuspringen.

Und dann war Rübezahl sogleich oben.

Oben am Rande des Koppenplanes.

Gar nicht mit Pferden.

Die Isabellen hatten gewartet wie genarrtes Brauervieh, wenn der Bierkutscher betrunken in der Kneipe lallt und duselt.

Sie standen und standen.

Und die gestiefelten Kutscher und Diener in Golddreß sahen und lachten einander nur an. Und gingen dann einfach in blauen Rauch auf.

Und der Wirt und die Wirtin sahen vor die Tür in den Sonnennebel, der fortflog. Bekreuzten sich. Und legten die Hand vor die großen Zähne. Denn sie begriffen den Zauber.

Rübezahl war glücklich an ihnen vorüber. Er hatte eine halbreife Kornähre mit vom Tale gebracht, mit der er beim Essen und während der Fahrt schon getändelt.

Nun fand sie die Wirtin noch auf dem Wirtstisch liegen. Und brachte sie gleich sorglich in ihre Hochzeitstruhe. Weil sie auch hier wußte, wie mit den scheinbar irdischen Geschenken Rübezahls behutsames Umgehen dringend gefordert war.

Und Rübezahl war jetzt also oben am Rande des Koppenplanes. Der Koppenplan ist wie ein großer Felstisch über dem Lande. So recht für die Tafel eines großen Herrn geeignet.

Rübezahl hing noch einstweilen als bloßer Gedanke mitten in verwehenden Sonnennebeln. Er war der Bequemlichkeit halber lieber gleich ganz ohne Sang und Klang hinaufgefahren.

Er hatte sich gewissermaßen völlig nur in den Gedanken verdichtet, wie er dem großen Herrentroß von unten ein wahres Sommervergnügen bereiten würde.

Aber weil ihm als bloßer Gedanke zu nackt und bloß zumute wurde, hatte er sich bald in eine kleine Spinne verwandelt, die wegen ihres dürren Leibes und ihres vertrackten Beinwerks mit einem Gedanken noch am meisten Ähnlichkeit mitführt.

Und Rübezahl lag ruhig in Netz- und Steinwerk und sah den Berg nach dem Melzergrunde hinab, wo sich der vornehme Troß prustend, aber bunt und wie ein Fasching blinkend und blitzend über Stock und Block mühsam emporhob.

Ich glaube, daß die Spinne ein feines Simsen wie ein höhnisches Spinnenlied vor sich hin tremolierte. So durchzuckte es sie durch alle Gelenkchen und Zängchen, sich mit den hohen Ankömmlingen eine Lust zu machen wie nur im Julimonat.

Zunächst muß man wissen, was und wie alles da unten in dem Trosse einherging.

Da kamen voran ein paar junge Pagen, die waren fast mädchenhaft wie Engel. Die sahen nie einander an.

Die sahen nur mit erhobenen Milchgesichtern und kirschroten Wämsern ganz ins Licht.

Ein jeder der Pagen trug in seinen Händen vor sich je einen Goldbecher: die Mundgefäße des erlauchten Herrn und seines hohen Vetters und Gastes selber.

Dann kamen acht Pagen als eine geschlossene Kolonne.

Die sahen nicht weniger goldig und weinrot aus. Hatten lustige Bandeliere um ihre Zipfelkappen wehen und trugen allerhand silberne Weingefäße und in prunkenden Kästchen gräfliche Silber- und Goldbestecke, die fürs Mahl oben auf dem höchsten Tische bestimmt waren.

Dann kamen ein Dutzend kirschrot und goldbefrackter Kammerdiener mit allerkostbarsten, weichen, wohligen Garderobestücken.

Denn niemand konnte an einem solchen Tage wissen, welche Laune den Erbherren und seinen erlauchten Vetter in den Höhenlüften anfahren konnte, daß sie wer weiß nach welcher Bequemlichkeit winken könnten.

Das waren ihrer schon an die zweiundzwanzig Diener.

Dann kamen inmitten von Korbträgern mit Speisen (an die dreißig Mann) eine Gruppe von vier Leibjägern und Hornbläsern.

Und hinter diesen drein schritt Meister Kaspar, der Mundkoch und oberste Küchenchef mit seinem Stabe von zwei Unterköchen und fünf lustigen Küchenjungen. Meister Kaspar zum Zeichen seiner Würde die goldene Suppenkelle in der Hand tragend, die für den Leibteller des Erbherrn und heute natürlich auch für den Teller des erlauchten Gastes bestimmt war.

Dann kam Eustachius Kahl, der weißbefilzte Benediktinerpater des Schlosses, der allzeit mußte in der Nähe sein, um dem gräflichen Herrn im Namen Gottes die Grillen zu scheuchen und das Herz leicht zu machen, wenn Gedanken an die Hölle oder das Fegefeuer in ihm auftauchten. Der aber jetzt nur redselig neben Herrn Anderckens, dem gräflichen Forstmeister, herging, obwohl beiden beim Steigen die Worte nur so vom Munde weg und in alle Lüfte flogen.

Diese beiden, der weiße Benediktinerpater und der grüne Forstmeister, lachten augenblicklich belustigt in den hellen Nebelzug, der über Geröllhalden her und über Geröllhalden weiterjagte. Und hinter ihnen drein schritten zehn Tafeldecker, in Weißleinen mit Kirschrot und Gold paspeliert gekleidet, die mit allerhand Kisten und Kasten voll Leinentüchern und schneeweißen Servietten sich tapfer mühten, die schweren Wäschepacken für das erlauchte Mahl endlich auf die immer noch nicht ganz erreichte höchste Koppenhöhe emporzuheben.

Wieviel hatten wir Leute?

Zwei. Und acht. Und zwölf. Und dreißig. Und vier. Und acht. Und eins. Und eins. Und dann die zehn Tafeldecker.

Das gibt erst sechsundsiebenzig männliche Wesen, die als Kranz und Umhang oben in den Lüften um zwei hohe Adelsherrn herumtänzeln und springen, herzuschaffen und hinwegschaffen, und auf den Wink auch lustig und toll sein sollten.

In Wirklichkeit müßten wir noch über weitere vierzehn Mann Rechenschaft geben.

Denn die Chronik erzählt, daß ungerechnet die beiden erlauchten Grafen, die jeder in einer goldenen Sänfte getragen wurden, und dem Herrn von Kollakowsky, einem polnischen Kleinedelmanne, und dann dem gräflichen Sekelbewahrer, der immer hinter des Erbgrafen goldener Sänfte herging und zahlreichen heiteren Herren der vornehmen Schloßgesellschaft »von des Hofstaats Untertanen, die Ihro Exzellenz als auch Provision und alle anderen Notwendigkeiten getragen, rund neunzig männliche Wesen«, bunt bewimpelt und betreßt, die Koppenhöhe am letzten Ende schon fast hinaufgestrauchelt wären.

Aber oben war warme Sonne.

Oben ging der Wind wie ein vergessener Maigesang, der sich kaum noch erheben will.

Oben hieß es herrlich hoch über der Welt.

Höher noch als des Pater Eustachius Kahl und des Meisters Kasparn sein Herz.

Oben waren die Lüfte rein wie Ätherglast.

Oben war man hoch über den deutschen Ländern. Sah, daß die Welt weit in die Ferne sich dehnte und nie sich greifen läßt.

Oben war die unermeßliche Glocke Sonnenlicht.

Und die Worte der Träger, die angesichts der erlauchten Nähe schon leise gingen, verwehten, als wenn hier nie mehr ein Wort einen hellen Klang gewönne.

Denn selbst als die vier grünen Leibhornisten des Grafen jetzt mit den Hörnern stolz in die Lüfte bliesen, weil die beiden goldenen Sänften endlich über den letzten Steinrand herüber auf die höchste Höhe schwebten, verwehten die gräflichen Fanfaren, als wären es Tonfetzen. Und als wären sie kaum je gewesen.

Alles lachte.

Alles war fröhlich.

Alles begann sich heimlich oder offen den Schweiß zu wischen.

Und besonders der Pater Eustachius ging zu Seiner Erlaucht, dem Grafen, mit breiter, geröteter Fülle und noch triefend im Gesicht und lobte die Welt Gottes um und um.

Oben war es herrlicher, als ein jeder gedacht hatte...

Oben lag Rübezahl als eine winzige Spinne am Steinklotz, hing im Netze und tremolierte sein Spinnenlied.

Man kann nicht ahnen, was so ein höhnisches Spinnenlied aus verhaltener Spottlust und Laune des Rübezahls bedeutete.

Da war es schon ein recht verwunderlicher Zufall gewesen, daß in die Vorbereitungen des festlichen Mahles, die Tafeldecker und Mundkoch, Heiducken und Kammerdiener, Pagen und Jäger jetzt eilfertig betrieben, indessen die hohen Herren sich selbst eigens die lahmgewordenen Beine austraten, weil derartiges unmöglich von Dienern besorgt werden konnte, eine jache Sturmhusche von flüchtigem Nebelwind einhergejagt kam, das größte Tafeltuch rücksichtslos von der Haupttafel riß und unter scharfen Flattergeräusch den Stein- und Geröllhang fliegend ins Weite führte. Alles lachte neu.

Auch die Diener durften jetzt ein wenig lachen.

Man rief dem flatternden Tuche Grüße nach aus gräflichem Munde. Und ließ ein zweites Tafeltuch an die Stelle rücken.

Aber Rübezahl kroch schon an Herrn von Kollakowskys Degengehänge herum. Und über dessen verschnürte, gelbe Uniform, die in der Sonne wie ein Stück Eierkuchen in der Pfanne schimmerte.

Und dann kroch Rübezahl auch am erlauchten Grafen selber herum.

Man konnte eigentlich schon jetzt auf eine Tollheit von ihm gefaßt sein, weil auch der Graf nach der Spinne schlug.

Auch der Graf war in schmucker Edelmannstracht. Sehr bunt, weil er jung war.

Er hatte ein Wams aus passiertem Blausamt mit Silberborten an. Den Degen an der Seite. Eine Mütze, die nicht weniger gereigte Falten hatte. Samt einer stachligen Feder, die hoch stand. Und Schuhe, die unter den weißen Wadenstrümpfen äußerst schlank und ganz spitzig waren, und die an diesem Morgen auch noch keinen eigenen Schritt getan hatten.

Jetzt sah man ein gemächliches und gelindes Stolzieren über Gottes weiter Welt. So daß ein jeder der Herren, die dieses weite Anschauen gnädig genossen, auch Koch und Tafeldeckern von oben zuwinkten oder dem ersten, besten Kammerdiener einen launigen Klaps auf die Backe verabreichten, als der den feinsten Stonsdorfer zur Stärkung vor die Edelherren trug.

Die Begleitherren bildeten unterdessen heitere Gruppen, die auch die Gläser schwenkten und der Bauchflasche Ehre taten.

Da hätte Rübezahl am liebsten gleich mitgetan, wenn er nicht in diesem Augenblicke hunderterlei Wünsche zu gleicher Zeit durcheinander gehabt. Denn er fuhr auch gerade aus der Spinne in eine Felsnase am Rande des Koppenplanes, die er wie ein Maulwurf sofort aufstieß. Und dabei passierte es, daß der brokatene Lehnsessel des Grafen, den man um der schönen Aussicht willen auf die vorragendste Stelle getragen, einfach den jähsten Hang hinab in den Riesengrund stolperte und sauste.

Heidi! Da gab es nun erst ein tolles Gelächter des Herrn Grafen selber, der ein »Fare well world« hinunterlachte. Und der nur lachend in die Runde sah. So daß auch die Diener und Begleitherren gleich wieder wagten, die ernster gewordenen Mienen zu beleben.

Aber der Rübezahl saß nur als Felsnase gemächlich hoch und starr und dachte sich noch immer sein Teil.

Man hatte Polsterstühle für die beiden Erlauchten und auch für den polnischen Kleinedelmann herbeigetragen. Die Tische begannen sich zu biegen unter den Schüsseln von Wildschwein und Pasteten. Von Hühnern und Turteltäubchen mit Trüffeln gefüllt. Von Galantinen aus jungen Häschen, die noch nicht ganz flügge waren. Von Bachforellen, die junges Grün in offenen Mäulern trugen. Von gebratenen Gänsen, kalt mit französischen Gelees garniert und gerösteten Austern. Von im feinsten Butterfett und indischen Gewürzen schwimmenden, gemästeten, provenzalischen Weinbergswachteln. Von Ziemern aus dem Riesengebirge, die mit Wacholderkraut gedämpft waren.

Und die Augen aller, vor allem auch des Paters Eustachius Kahl, und natürlich auch des Meister Kaspar, der während des eifrigen Tranchierens und Tuns seine Blicke über die Herrentafel schweifen ließ, begannen zu glänzen.

Die Augen der erlauchten Herren hatten sich von der Unendlichkeit der weiten, hochgewölbten Ätherglocke in Himmelshöhen endlich weggewendet.

Ihre Blicke begannen einen seligen und versöhnlichen, um nicht zu sagen einen menschlichen und irdischen Glanz anzunehmen, als endlich auch der Herr Graf selber mit seinem Vetter sich an der Tafel hoch über den deutschen Landen zum Essen einladend niederließ.

Der Forstmeister Anderckens mußte stehen.

Man stellte fest, er war der jüngste der Begleitherren.

Weil man ja doch den gräflichen Leibsessel schon vermißte.

Und auch Rübezahl war jetzt ganz auf der Fährte, wie er die ganze Sachlage zur Katastrophe bringen wollte.

Obgleich er noch immer nur als Felsnase dalag.

Er begann sich schon richtig in seinen Ärger einzuwühlen.

Schon die Wachtel- und Ziemergerichte begannen sein väterliches Bergherz in eine gelinde Wut zu versetzen. Und so versuchte er es mit dem ersten wirklichen Präludium.

Er pfiff im Reigen, wie dreißig Nebelfrauen nicht pfeifen können. Pfiff eine schnöde, zischende Weise. Als wenn sich Peitschen um die Koppenluft aufrollten und sie schrillend zerschnitten. Stieß dem erlauchten Herrn derartig mit der Windfaust heftig ins Gesicht, daß dessen Monokel ins Essen flog. In eine kalte Schildkrötenbouillon. Und weil der Herr Vetter grade ein gesplittertes, leichtes Backwerk in den Mund schob, riß er ihm das vom Munde weg und schüttete die Krümel auf die fette Poularde des gräflichen Tellers.

Das Tafeltuch, ob es gleich angezweckt war, begann sich gleichzeitig zu erheben und zwischen den üppigen Schüsseln mächtig aufzublasen.

Alles schon recht verheißende Dinge.

Aber es schien noch immer wieder die ruhige Sonne.

Man fing an, die schäumenden Weine aus Frankreich in den Silberbechern zu schwenken. Der erlauchte Herr erzählte leutselig von »höchsten« Mahlen.

Er erinnerte sich daran, daß jeder Mensch einmal einen höchsten Tag erleben müßte.

Er wurde feierlich.

»Einen höchsten Tag wie heute, auf höchster Höhe im Lande!«

Er trank seinem Vetter gnädig zu. Indem er gleichzeitig lachte und zum Zeichen, daß auch die anderen alle sich bei seinen Worten erheben sollten, erhob er sich von seinem Polsterstuhle.

Er erinnerte daran, daß einmal Einer Derer Von sich auf einem Kreuzritterzuge auch auf dem Sinai derart umgesehen.

Er behauptete: »Nur im Traume gibt es solche Gastmahle, die hoch und Gott näher gegessen würden!«

Er wurde immer feierlicher. Sprach schließlich mit einigen Tränen, so daß auch die mädchenhaften Pagen, die hinter den Stühlen standen, ernstlich gerührt, Tränen bekamen.

Aber da brachte man gerade einen gewaltigen Hecht an die Herrentafel.

Er war auf dem großen Feldherde sorgfältig gebraten worden, den man an einer Ecke des Koppenplanes für einige Leibgerichte des Erbherrn, besonders für diesen Hecht à la Beranger hatte aufrichten müssen.

Und da mußte man erleben, daß sich in diesem Augenblicke, wie man den Hecht von der Platte nahm, in den Lüften ein Tirilieren wie aus tausend spitzigsten Flöten hören ließ. Der eiserne Kochherd, noch mit dem brennenden Feuerbauche, sich hoch in die Lüfte aufhob. Wie ein kreiselndes Frauenzimmer mit steifendem Reifrocke nicht etwa zu Tale, sondern hoch und höher in den Himmel ging. Und endlich als lachendes, feistes Mönchsgesicht mit blökender, goldener Zunge und schließlich als Punkt entschwebte.

Das wäre an sich schon genug gewesen.

Wenn nicht der Spuk gleich noch toller ins Breite gegangen.

An der Tafel erinnerte man sich, als besagte Lufterscheinung hochfuhr, freilich noch immer lüstern des Hechtes, den man grade vor den erlauchten Herren niederließ.

Des Hechtes, der so stolz mit grünen Reisern und den schönsten Weidenröschen besteckt aufgetragen wurde.

Und zu dessen Triumphe sogar jetzt die vier grünen Jägersleute doch wagten, ihre schmetternde Musik in die Lüfte hinauszustoßen.

Aber mit dem Hechte hatte man etwas Gehöriges angerichtet.

Man muß nämlich die Geschichte des Hechtes kennen.

Der Hecht war ein alter Urvater der Hechte im Riesengebirge.

Man hatte ihn in einem entlegenen Teiche im Walde gefangen, den man ewig in Ruhe gelassen. Irgendwo nahe am Gebirge. Unter Schmiedeberg. Natürlich innerhalb der gräflichen Herrschaft.

Der Hecht hatte seltsame Wammen und Auswüchse um den Hals und am Leibe. Auf seinem Kopfe war auch Moos gewachsen.

Seine Augen hatten scharf und überlegen in die Welt der Fische und des Wassergewimmels hineingesehen.

Er hatte sogar auf seinem Kopfe in Moos verklebt einen Kieselstein. Und es war ihm dazu eine Art kleines Geweih auf der Schädelplatte gewachsen. So daß man es ihm wirklich ansah, daß ihn die Natur zum Häuptling oder König unter Seinesgleichen ausgezeichnet hatte.

Jetzt war er zentnerschwer von mehreren Dienern gleichzeitig auf einer extra dazu verfertigten Silberschüssel aufgetragen worden.

Es ziemte sich also auch diese strotzende Totenmusik.

Der Hecht war ein Kapitaltier. Hatte hundert Jahre und mehr auf seinem Rücken.

Die Flossen schienen allen gleich von Golde zu schimmern.

Und wie man ihn vor den Grafen hinstellte, deuchte es allen, als wenn er nicht nur ein kleines Geweih, als wenn er gleich eine stachlige Krone trüge.

Dann begann ihn der gräfliche Vorschneider, endlich ganz wieder beruhigt, vor seines Herrn Auge mit einem riesigen Silbermesser mitten zu spalten.

Aber da hörte man es schon, daß die Ohren der Hörer lang und länger wurden.

Da hörte man schon, daß eine ungewöhnliche Baßstimme im Bauche des Hechtes ein freches Grölen ertönen ließ.

So daß allen an der Tafel die Ohren richtig sichtbar voreinander länger wuchsen.

Und daß der Forstmeister Anderckens, der sich schon ein neues Besteck und einen extra großen Teller hatte reichen lassen, weil er stand, Teller und Besteck einfach achtlos auf den Steinboden klirren ließ.

Denn jetzt, wie man die Hechtseiten auseinander legte, sah man da plötzlich ein Wesen, ein unziemlich nacketes, unappetitliches Ding, lang wie ein Bratenspieß und zierlich, das sich aus dem Bauche des Hechtes gewandt aufhob, richtig einen jämmerlichen, kleinen Lausekerl, der wütend aus vollem Halse froschmäulig in die Luft hinausschrie: »Bonus dies, ihr Herren... wie gefällt euch der Hecht?«

Von *der* Zeit an ging da alles nur noch wie ein wilder Orkan und reißender Wolkenbruch.

Nebelfrauen durchgackerten die Lüfte wie Gänse. Die gebratenen Hühner auf der Tafel fingen an mit den Flügeln richtig zu gestikulieren. Die gebratenen Wachteln hupften mit ihrem Puttperwutt einher. Fuhren den Herren barsch um die Ohren, noch triefend von Bratenfett. Und die Weinflaschen standen mit ihren entkorkten Köpfen, als wäre ein ganzer Verein Sangesbrüder entstanden, die das Beleidigendste vom Tollen herausbrüllten.

So daß schließlich nichts mehr da war, einem gräflichen Mahle auf Himmelshöhen ähnlich, sondern nur ein finsteres, rauchendes Sabbattollen im Gemüllhaufen der Hölle, das Lebendes und Totes, alles in seine Wirbel zog.

Die Herren riefen nach ihren Dienern.

Aber die Diener konnten auch nur vergebens nach ihren Herren rufen.

Meister Kaspar und seine Küchenjungen schienen frei in den Lüften zu hängen, die Beine nach oben. Von den Schüsseln konnte man wähnen, als wenn sie die Leibjäger oder Heiducken, während sie selber Kapriolen schlugen, mit verzerrten Gesichtern in die Abgründe entleerten.

Es gab da weder unten noch oben.

Allen war auch so, als ob sie ohne Beine durch den Luftraum flögen. Als wenn sie sich müßten bis ans Ende der Welt im Wirbel drehen.

Das Tollhaus von Tönen nicht mitgerechnet, das losgebrochen war. Als wenn sich der kleine Lausekerl aus dem Hechtbauche vertausendfacht hätte. Den Herren aus allen Lüften fortwährend jetzt in die Ohren gellte.

Und den Herren auch die Ohren, wie es ihnen deuchte, bis hinauf an den Himmel, und die Nasen und Lippen bis an den Nabel der Welt hinunterzerrte. Bloß, um mit ihnen den tollsten Sommerspaß zu treiben.

Alles lag herum. Oder taumelte herum. Alle wußten gar nichts. Der Rübezahl hatte sein Mütchen gekühlt.

Dem jungen Grafen hatte man müssen Siegellack auf die nackte Brust träufeln, damit er wieder atmete. Und man hat dann den Erbherrn und auch den Herrn Vetter in den goldenen Sänften nach Haus gebracht.

Nicht tot, aber liegend. Und erst nach einigen Wochen wieder ganz entlastet.

Nach diesem Abenteuer war es kein Wunder, daß der Graf, wenn er nachmals aus seinem Schlosse die Koppe von Goldketten umhangen vor dem Frühlicht aufragen sah, oder wenn der Berg von feinem Rosenschimmer übergossen im Abendlichte schwamm, jedesmal zu seinem Leibjäger, der das Geheimnis auch kannte, lachend sagte: »Bonus dies, Ihr Herren... wie gefällt euch der Hecht?«

Viertes Abenteuer

Ein Herbstkonzert Rübezahls

Allezeit war Rübezahl auch ein Goldmacher. Heimlich in den heimlichsten Schlupfen natürlich.

Wo sollte auch das schnöde Gold herkommen, um das alles Spiel des Lebens geht? Und solange es Carl Duisberg in Leverkusen noch immer nicht auf chemischem Wege erfunden hat.

Was so an goldenen Waren im Riesengebirge früher in den Hochzeitspinden der jungen Weiber oder als goldene Kegel oder als goldene Ruten in den Truhen der Drechslergesellen und Schustergesellen lag, was der Bauer an seinen Wagenrädern noch an Goldblättern daheim sammelte, wenn er auch freilich aus Dumpfheit und Faulheit den Hauptblättersegen, der ihm seinen Wagen beinahe eingedrückt, schon vorher abgeladen hatte, das alles erzählt die Chronik.

Denn Rübezahl war niemals ein Wesen, das seine ausbündigen Launen unbezahlt und unvergolten ließ.

Diesmal übrigens waren in Forstlangwasser, einem Gebirgsneste für zwei dreiviertel Bauern, die dort in drei einem halben Häuschen ganz an der Schattenstelle lebten, die Kirschen so groß geworden wie Preiselbeeren. Und man freute sich, daß der Herbst kam.

Und da es im Riesengebirge zwar keine Krösusse gab, die zu ihren Festen luden, so gab es doch immer Wirte, die etwas anstellen mußten, damit die Leute in Freudenlaune kamen und dächten, sie wären nicht bloß zum Essen und Trinken, sie wären auch zum Tanze und Juchhegeschrei in die Welt gekommen.

Die Zeit der Kirmes war da.

Polnische Schalmei- und Dudelsackleute, mit einem schwerfälligen, braunen Bären am Stricke hinter sich, waren aus dem Jammertal oder Armenruh, wie Schreiberhau damals hieß, Schritt für Schritt aufs Gebirge hochgestiegen.

Und oben standen die polnischen Musikanten, sahen tief unten die ferne Welt. Sahen Opalglanz die Täler füllen. Sahen in dem Opalglanz auch die Stadt Hirschberg halb versunken. Und darüber bis in den Ätherhimmel hinauf schillerten rubinige Tinten, so warm und rosig wie nur einer himmlischen Frau Wangenhaut, wenn sie vor tausend Engeln im lichten Himmelssaale die Cour hält.

Die Polen schleppten auch Brummbaß und Fiedel, hielten die langen Schallröhre in den Arm gepreßt und wollten zur Baudenkirmes. Sie wanderten ganz langsam. Der braune Bär grunzte beständig bei jedem Schritte.

Sie lebten ewig auf der Wanderschaft. Und strebten jetzt, wo es gegen den Abend ging, der Wiesenbaude zu. Sie wollten auf solchem Umweg dann weiter ins Böhmische hinein wandern.

Da war es in dieser Abendstunde schon ein gemachter Spaß, daß den Schalmei- und Dudelsackleuten ein junger, selbstherrlicher, sehr gewiefter Student aus Hirschberg, David Hollatz, des Apothekers Sohn, frisch schreitend nachkam, der an der Universität Wittenberg Jus studierte.

Der hatte auch eine schwirrende Laute bei sich. Und er bildete sich auf seine Lautenkunst besondere Stücke ein. Liebte es auch, davon vor fremden Leuten, die er in der Welt antraf, reichlich Gebrauch zu machen, um ihnen mit Sang und Spiel von sich den gehörigen Begriff zu geben.

Der hatte auch nach kurzer Bekanntschaft, und weil die Polen nicht recht Deutsch verstanden, bald die Laute aus seinem Felleisen herausgeholt, um die letzte, steinigste Wegstrecke kurz zu machen.

So zog bald die ganze, kleine verwegene Horde mit ihren Wimmerhölzern und Blaseröhren, lahmend und stolpernd, hinter dem schwärmenden Lautenspieler her, dessen Weisen freilich in den sonnigen Abendlüften hoch oben auf dem Kamme sich gehörig zerlösten.

Zerlösten. So muß man es nennen.

Denn allen erschien es gleich sonderbar, als wenn die Töne der Laute nur ganz in einem Wasserglase eingeschlossen wären oder aus einem Berg voller Watte heraus summten. Obgleich nicht ein Hauch die weichen, rubinigen Abendlüfte bewegte, in denen sie hinschritten.

Aber wie sie so mit kaum hörbarem Klingen auf dem freien Plane vorwärtszogen, kam ein verwegener Bauernkerl, wirr behaart bis zur Nase, mit einem mächtigen Wurzelstecken in massigen Händen, von irgendwoher plötzlich in ihre Wege, der ganz in sich eingekrummt und eingesunken fürbaß schlupfte. Es war an einem Kreuzwege.

Und weil die Polen und der voran spielende Jusstudent keine hinreichenden Erfahrungen in der einsamen Höhe besaßen, war das Musikantenvolk gezwungen, einen Augenblick das Tirilieren einzustellen, den unheimlichen Landbart aus seinen Träumen zu wecken und ihn nach dem richtigen Wege zu fragen.

Der verrunzelte Ackerkerl hatte sich durchaus für keine Kirmes angetan.

Er mochte so mir nichts dir nichts von Stall und Misthaufen davongegangen sein.

Er stand im groben, schmutzigen Lotterhemde. Trug abgewetzte Lederhosen. Schlurrte in vertretenen, alten Holzpantinen. Stand ohne Mütze mit richtig verhudeltem und verfilztem Braunhaar, fast als wenn er ein verbohrtes, irres Wesen verschlösse.

Aber der Sonderling sah jetzt doch in die Gesichter der Fragenden hinein, begann aufzuwachen. Hörte den braunen Bären grunzen. Merkte, daß der Wind ganz leise um die Steinblöcke pfiff. Sah auch blaue Enzianstauden ein wenig blattvergilbt im Abendlichte schimmern. Besann sich, daß er irgendwo zwischen dem großen Teiche und der Wiesenbaude war. Und trieb dann das Gauklergesindel mit dem säuselnden Studenten an der Spitze zur Eile an, wenn sie noch vor Dunkelheit in der Baude Unterkunft finden wollten.

Danach raste er freilich gleich, fast schien es mit Meilenpantinen, mit einem unheimlichen, windigen Sausen nach der Gegenseite weiter.

Aber er mußte bald zurückgebogen sein.

Ehe sich die Kirmeswanderer in ihrem Weiterstapfen versahen, war er von hinten neu an sie angefahren, um sich in dieser abendlichen Einöde eine Vergünstigung von ihnen zu erbitten.

»Vergebt mir«, sagte er wie eingeschüchtert, »daß ich Euch, der Ihr wohl ein Student der Rechte oder sonst ein weiser Grünschnabel sein mögt, um eine Liebe bitte... denn eine Liebe ist der andren wert.«

Und damit betrachtete er den Jusstudenten mit scharfem Funkelauge.

»Ihr seid doch aus Hirschberg... man sieht es Euch an der Nase an... und werdet es auch nicht anders tun, als in Wittenberg zu studieren... wo Meister Luther die Thesen schrieb!«

»Euer Diener, Monsieur!« sagte der Jusstudent sehr gefällig und im Selbstgefühl. »Ich bin hierher gekommen, um dem Herrn des Riesengebirges eins vorzuspielen und meine Kunst vor ihm hören zu lassen!«

»Nun... das tut nichts!« sagte der Bauernkerl ziemlich gleichgültig. »Wenn Ihr auch noch soviel Rechte auf Eurer Seite habt... Spielen ist Spielen... und ich muß auch einmal Eure Laute probieren!«

Und damit nahm er dem jungen Frischling das Lautenband über den vollen Haarschopf. Denn dessen Hut begann ein Windblasen eben weit in die Lüfte weg zu entführen.

Aber das achteten jetzt weder die Polen noch der Student selber, weil sie der wüste, verhudelte Lumpenbauer schon völlig im Banne hielt.

»Bitte!« sagte nur der zwanzigjährige Nasehoch und dachte bei sich in seinem Dünkel:

»Spiele nur immer, du mistiger Kärrner... ich habe die Laute auf mein Herz gebunden... und du willst mit deinen Schmutztatzen über die feinen Saiten fahren... das gibt ein Vergnügen!«

Und die Polen und er und auch der braune Meister Petz stellten sich in die Runde, des Spiels gewärtig.

Da kam es freilich gleich gehörig.

Der Bauer trug über dem sudligen Hemde die verfilzten Haare in dicken Strähnen um die Stirn, so daß die Augen fast bedeckt waren.

Aber man sah doch, wie er jetzt die Augen ganz zuschloß, um die Saiten abzufühlen und die Schwebetöne lebendig in die Abendhuschen des Kammes und in die Schimmer des Glanzes auf Stein und Gräsern hineinzujagen.

Gleich klang es hell. Gleich klang es wie loses Singen.

Gleich klang es, als wenn diese Töne mit den zitternden Halmen tanzten.

Gleich klang es, als wenn dieser Töne Gesponse die Windpfeifen wären, die nur immer geordneter um sie zu singen begannen.

Gleich war es auch, als wenn die Steine rings heimlich erwachten und Augen bekämen. Obgleich das nur vom letzten Sonnenglühen ein Schein war.

Und es war allmählich, wie wenn der große Viehkerl in sich kröche unter seine flatternden Haarwülste. Und als wenn er sich immer unheimlicher in sein selig erwachtes Konzert verlöre, darein jetzt auch der Abendstern wie eine helle Obermelodie jach hineinsprang.

Da war schließlich alles, was in der weiten, einsamen Berg- und Himmelshöhe ragte und hauchte und glühte, als seliger Ton in seine Abendmusik geklungen oder gar als Saite auf seine Laute gesprungen, sobald eine Saite gerissen war.

Da war dem Studenten sein Jus vergangen. Sein Hochmut flog wie ein goldener Strohhalm im Winde fort.

Da standen die polnischen Gaukler mit ihren Brummhölzern und ihrem Dudelsack. Und reckten die Schalmeien. Und begannen im Chore mitzutun, darein der wackelnde Hudelkopf den Takt nickte, obwohl er am Ende immer kleiner in sich hineinsank, je mehr die Nacht über die weiten Bergwiesen hereinbrach.

So hätten sie alle sicherlich noch um Mitternacht gestanden und hätten dem weiten Sternenhimmel ihre selige Chorweise anbetend und gehorsam vorgetragen, mit den Steinstimmen und den aufgesperrten Herbstblumenmäulern um die Wette, unter dem schwelgenden Vorausschritt der Abendsternstimme, wobei die Laute des Studenten in den plumpen Bauernhänden doch immer die taktgebende Führerin blieb, wenn nicht auf einmal eine gellende, schwüle Stille mit einem heißen Lufthauche eilig über den Kamm gefegt wäre. Alles um sie geschwiegen hätte. Nichts sich mehr zu rühren gewagt. Polen und Student wie aus einem glückseligen Schlafe allmählich ganz aufgewacht wären. Und zu ihrer Erstaunung auch gleich noch entdeckt hätten, daß der Hudelkopf des unheimlichen Meilenschreiters vor ihnen ganz in den dicken Felsklotz hineingekrochen war.

Da besannen sie sich voll.

Gingen nur stillschweigend weiter der Baude zu.

Der Student schwieg am tiefsten.

Die Polen mußten jetzt den Bären hart antreiben, der zu der Höhenmusik anfangs richtig mitgetanzt, und dann von dem tollen Drehen müde mit triefender Zappelzunge sich einfach wie ein hetzender Hund hingeworfen. Und der noch immer am liebsten nicht vom Flecke ging.

*

In der Wiesenbaude saß ein Hochzeitspaar. Dürftige Leute unten aus dem Tale, die vielleicht diesen einen Tag heute und nicht wieder im Leben mit Kränzen geputzt waren.

Und heute hatte der Schuhflicker auch die Ehre durchaus nicht lassen wollen, als ein Herr in Bekränzung neben dem bekränzten Weibe in einer bekränzten Kutsche vor das Kirchentor zu fahren und nach der kirchlichen Zeremonie auch noch den Dorfweg bis an eine höhere Stelle aufs Gebirge hinauf, um sozusagen die Straßengänger einmal von höher herab stolz anzulächeln.

Die Brautleute, Trauzeugen und Brautjungfern, eine winzige Schar, hatten dann den Fußweg bis zur Baude gemacht, hatten juchheit und Lieder gesungen und waren auch vom reichlichen Branntweintrinken unterwegs schon launiger als nötig in die Baude eingekehrt.

Nun sahen sie die stutzigen, schweigsamen Polen, einen nach dem andern, und dann auch den schweigsamen Studenten in die Baude eintreten.

Das gab vorerst ein tolles Grölen, ein Umarmen wider Willen und Durcheinander-Gestikulieren mit allen Körpern und Gliedmaßen.

So daß die junge Frau im Myrtenkranze ihren Schuhflicker und die Brautjungfern ihre Lieblinge am Arme wieder auf die Ofenbank und auf die Seitenbänke reißen mußten, ehe man begreifen konnte, was eigentlich los war.

Selbst dem Bären, der nur in der offenen, niedrigen Stubentür stand, war das Gezeter und der Tumult zuviel geworden, so daß er eine mächtige Grunze erschallen ließ, gleichsam als wenn er endlich gebieterisch Ruhe in die Stube brüllte.

Und da hatte alles vollends einmütig gelacht. Und es war wirklich still geworden.

Aber niemand wußte, daß auch schon Rübezahl wieder in der Baudenstube anwesend war.

Niemand hatte den räudigen Bauern in den hintersten Ofenwinkel auf die hinterste Bankecke schlüpfen sehen.

Alle dachten jetzt also nur an Tanz, aber keiner an Spuk.

Und niemand ahnte auch nur den geringsten Zauber, als der verrunzelte und verfaltete Puschelschädel jetzt von seiner Ofenbank aufstand und als erster zum Tanze bat. – Wen bat?

Den Bräutigam um die Braut bat.

Und gleich mit ihr tanzte, als wenn er der gemachte Tanzmeister wäre.

Sausend tanzte wie ein Quirl. Und herumschlüpfte, als wären die tapferen, schweren Holzpantinen eitel Schuhe aus weichem Samte.

Da begann man bald allerseits die Holzdiele zu trampeln.

Da stampfte und schob man durcheinander.

Da schwangen sich die dick gestopften und gefalteten Frauenröcke.

Da flogen buntseidene Haubenbänder den Frauenzimmern im Nacken.

Und die Mannsleute tumultuierten mit Armen und Beinen in den Lüften und juchzten und schrien, daß man nur lange ein wirres Nebelbild sah. Und vor aufgewühltem Staube in der kümmerlichen

Spanbeleuchtung über dem Tische und in Ofennähe kaum atmen konnte.

Und gleich zu Anfang des ersten Bauerntanzes mochte schon der tanzenden Braut eine Verwirrung kommen, weil sie nicht anders tanzte, als wenn der schmierige Lodenkopf, der sie jetzt fest im Anne schwang, ein vom Himmel gefallener Engel wäre. Da sie nicht aufhörte, sich immer lächelnder und lieblicher zu drehen. Immer weniger ein Ende fand mit dem wahnsinnigen Wirbeljagen in dem niedrigen Holzgeräume. Und dieses einzige, verwegene Paar schließlich durch alle sonstigen Paare wie sinnlos von Ecke zu Ecke unaufhaltsam hindurchstob.

So ging es bei der aufgescheuchten Polenmusik eine lange Zeit.

Und je mehr die Manns- und Weibsleute in die Branntweinflasche sahen, wurde es immer gefirrer.

Bis aus der einen Stubenwand, die mit Brettern verschlagen war, vor die myrtenbekränzte Braut, die einst im Armenhause in Laus und Lumpen gelebt, plötzlich ein junger Mannesengel feierlich und steif heraustrat, der ihr ein blutrot funkelndes Granatband rechts und links um jedes dicke Handgelenk befestigte.

Der ihr auch liebreich lachend um den derben Hals eine Kette aus dicken, weinroten Steinen herumlegte.

Unterdessen aus den anderen Holzwänden, weil der Dungbauer wieder mit der Faust dagegen geschlagen, schon zwei herrliche Frauenzimmer, wie junge Gräfinnen oder auch Engel in Goldgewänder gekleidet, kamen, die auf Tabletten Silberbecher trugen und im Schoße purpurne Rosen. Diese Erscheinung wollten alle gleichzeitig gesehen haben.

Und alle sahen auch jetzt, daß Arbeitsleute Weinfässer hereinbalancierten, die zwar hohl und leer klangen. Aber aus denen trotzdem, als der filzige Bauernkerl mit dem Blechbecher darauf schlug, wobei der Blechbecher übrigens zu einem Kuchen verflachte, klarer Wein in Strömen herausfloß, gleichsam als wäre man nicht im Armutslande, sondern in die Nähe der Weinberge von Samaria aufgestiegen.

Da hatten die Leute plötzlich auch untereinander Dukaten statt Groschen aus allen Westen- und Hosentaschen herausgeholt.

Die Braut hatte ihr Wunder, ihren Bräutigam aus dem Edelmannswirbel, und der Bräutigam seine geputzte Kuhmagd aus dem Gewimmel von allerhand kostbaren Weibsbildern herauszufinden.

Das ging so fort, bis die Augen aller Hochzeiter und Kirmesgänger samt den Augen der Polenmusikanten irgendwo innen auf oder unter Stühlen und Bänken oder draußen um das Haus in den nahen Steinhalden jäh zugeklappt, und auch die rauchigen Spanlichter, die nur lichte Sterne noch aus Glasblumen geschienen, eines nach dem andern müde geflackt hatten und erloschen waren.

Nur den Bären, der im Stalle an der Kette gelegen, hatte das unheimliche Nachtgetümmel in der Baude ganz um den Nachtschlaf gebracht.

Und auch der Jusstudent hatte sich nach kurzem Imbiß schon gleich am Abend wieder aus der Baude in die nächtliche Bergwelt hinausgeschlichen.

Der saß jetzt am Morgen noch, wie er im Sinnen über die rübezählische Musik die Einsamkeit gesucht und sich unter dem weiten Sternenhimmel auf einen Steinklotz im Flechtengetrümmer niedergelassen.

Der saß noch im Morgenlichte wie ein schweigendes Steinbild.

Starrte nur nach Osten und wartete auf Rübezahls Morgenkonzert.

Aber das Gebirge lag menschenleer. Lag ganz einsam. Hob sich wie am ersten Schöpfungstage schimmernd hingebildet aus den Nebeln, die die Täler deckten. War nur leise um Halm und Stein umflüstert von Windstimmen. Weil Rübezahl den Tag vorher genug getanzt und getrunken, konzertiert und gelärmt hatte und endlich einmal Ruhe brauchte. Niemand konnte ahnen, wohin er an diesem Morgen zum Schlafe verschwunden war.

Fünftes Abenteuer
Wie Rübezahl nach einem Jahrmarktsrummel in Hirschberg noch die alte Gottwalden selig sterben läßt

Es wurde von der Spinnerin Zeit schon wieder einmal der Herbst abgespult und auf dem Rade versponnen.

Oben über die Kammwiesen fauchten Sturmstöße wie aus hohlen Hörnern. Und unten trieben Windhuschen die Streu von den Scheunen der Dorfleute hoch und jagten sie im Kreise.

In den Dorfangern hingen die Äste der Obstbäume kahl zur Erde. Und da und dort hörte man den Zweischlag von der Tenne.

Im Hirschberger Tal hatte es einen verspäteten Nachsommer gegeben. So daß vor dem Häuschen des Lehrers in Warmbrunn noch im Oktober ein Rosenstock halbgeöffnete Knospen trug, obgleich die Blätter schon staubig und vergilbt waren. Und Rübezahl war aus den fliehenden, pfeifenden Höhen lieber mit allerlei Kräuter- und Wurzelwerk zu Tale gefahren, um sie unten in den Dörfern und in der Stadt an die Hausfrauen zu verhandeln.

So war Rübezahl schon, frech wie er manchmal das Leben nahm, mit seiner vertrackten Bockskarre den letzten Viehweg niedergebogen und hatte in Arnsdorf einen ziemlich täppischen Bauersmann und dessen pfiffigeren Bruder begegnet, der aus Breslau zu Gaste gekommen war.

Die beiden sprachen auf ihrem Dorfwege zur Schenke grade sehr aufdringlich laut von Rübezahl. Und der städtische Handwerksgeselle, der sich im Dorfe natürlich doppelt geschniegelt und gebügelt trug, verriet unter farigem Gelächter eine unverschämte Sehnsucht, endlich einmal Rübezahl in selbsteigener Person sozusagen von oben bis unten und vorn und hinten aufs Korn zu nehmen.

Da hatte Rübezahl, jetzt in der Art als gebückter Kräutermann hinter der Bockskarre schiebend, flüchtig Lust gespürt, diesem Stänker aus der Großstadt gleich das wahre Gesicht seiner Laune von hinten zu zeigen.

Während er also unter seiner großen, grünen Schirmmütze scheinbar gleichgültig bei den beiden Dickköpfen vorbeiratterte, standen die erschreckten Landleute auch schon wie gebannt vor einem kahlen Apfelbaume jenseits des nachbarlichen Lattenzaunes, weil in dessen Baumzwiesel ein Mensch oder sonst ein frech entblößter Unhold soeben sich präsentierte, als wenn ihm weniger an der schönen Aussicht von vorn, als vielmehr daran gelegen wäre, den großmäuligen Filzen Drang und Not der innersten Eingeweide von hinten vorzukonzentrieren.

Einen Augenblick war dabei den beiden dummgemachten Bauersleuten wahrhaftig nicht geheuer.

Indessen hatte der eilig fortschlurende Kräutermann mit seinem sonderbaren Gefährt voll Kräuter- und Wurzelwerk längst vor der Warmbrunner Apotheke und später in der Kunnersdorfer Ortsbrauerei haltgemacht.

Und schon dort hatte der unheimliche Alte, als er noch immer mit seiner großen, grünen Schirmmütze am Wirtstische saß, tüchtig Lärm geschlagen, weil er drinnen in der Schenke auf einen weißhaarigen Leiermann, einen einäugigen und einarmigen Krüppel aus dem verwichenen, großen Kriege gestoßen war.

Da hatte sich Rübezahl mit seinem eingeheimsten Gelde sofort als rechter Zechbruder aufgespielt. Und war sogar nach der kräftigen Erbssuppe voller Schweinsohren, die er mit harten Zähnen nur so ganz hinuntergeknorpelt, auf die Idee gekommen, mit dem krüppligen Lumpenmanne gemeinsam in die Stadt zu ziehen, um in Hirschberg, wie es ihm jetzt in die Laune schoß, sozusagen einen fliegenden Jahrmarkt aus der Erde zu stampfen und die ganze Stadt am Narrenseile zu ziehen.

Er hatte vorerst dem wolligen Weißbart mit einem gelben, chinesischen Barte ausgeholfen, der dem Alten wie ein lichtes Flammenbüschel oben auf dem obersten Schädel brannte.

Und so war der tief beschirmte, sonderbare Laborant mit der Bockskarre hinter der dröhnenden Leiermannsweise durch das Langgassentor, die Lange Gasse hinein, auf den Hirschberger Markt marschiert.

Es fiel ihm jetzt auch gleich ein, nicht mehr Kräuter und Wurzelwerk und wohlriechende Steine, sondern allerlei ausländische Waren aus dem Kasten auf seiner Karre hervorzuholen.

Schon wegen der sonderbaren Karre strömte viel Volk heran.

Die Karre schien unförmig groß und hing über und über voll Haarzotteln, wie das Fell eines alten Ziegenbockes.

Und auch deshalb staute sich gleich eine immer mehr wachsende Menge, weil der hudlige Alte mit den dicken Brauenbüschen unteren grünen Mützenschirm aus den kleinsten Gefäßen die allergrößten Dinge entnahm.

Vor allem zuerst Balken und Gestelle zu einer mächtigen Verkaufsbude. Eine sehr kostbare Plane, richtig bunte Schmiedeberger Teppiche, die er geschickt zur Verhüllung des Holzgerüstes benutzte.

So daß da sofort eine ganz geheimnisvolle Räumlichkeit vor dem Ratskeller wie mit Zauberei aus der Erde wuchs. Und daß er nun seine weiteren Possen, nachdem noch alle Ritzen und Luken verstrichen und jeder Einblick mit Zwecken zugesteckt war, dahinter ungesehen treiben konnte. Das tolle Horngeschmetter vor allem, das wie aus hundert Trompeten bald hinter den bunten, kostbaren Behängen hervortönte.

Diese tolle Fanfarenmusik trieb den Marktplatz noch richtig voller neugieriger Gesichter. So daß Männer und Weiber und Kinder aus den Häusern rannten. Und die ehrsamsten Bürger Hirschbergs, die zu dem Vespertrunke in den Ratskeller spazierten, auch der Stadtschreiber und die Ratsherren selber, und wer sich von den Honoratioren noch eine leibliche Erlustigung dort ersehnte, alle mit offenen Mündern stehenblieben und seltsamer Dinge gewärtig waren.

Der Lärm aus der verhangenen Schaubude heraus schallte in den Leiermannstumult des Invaliden, der possierlich wie ein chinesischer Götze aufgetakelt, seine Leier auf einem hohen Podium neben der Bude drehte. Und wurde allmählich so arg, als wenn es eine ganze Janitscharenmusik wäre, die von den Giebelhäusern am Marktplatze siebenfach widerhallte, und die die Kleinhändler unter den breiten Pfeilern der alten Stadtlauben schier wie ein beständiges Zittern ihrer Unterkiefer empfanden.

Auf dem riesigen Stirnschilde, das plötzlich über der Schaubude hoch in die Luft gewachsen war, ehe jemand auch nur gesehen, daß sich Hände daran betätigten, stand geschrieben, daß man hier Waren aus der herrlichen Sultanstadt Venedig und aus den Wundergärten Kaschmirs billig erhandeln, und daß man sich auch an den Steinblumen Indiens Heilkräfte und langes Leben, Wundenlosigkeit und Schmerzlosigkeit, Gesundheit und Glück kaufen könnte.

Da las man auch von Steinen, die jeden Gesichtsschmerz oder den Beinbruch durch bloßes Aufliegen heilen konnten. Die jeden Seelenkummer derart vertrieben, daß einem, wenn man sie zerstampfte und in Pulverform mit Milch genösse, aus der tiefsten Schwermut Paradiesträume aufwachten, die die himmlische Herrlichkeit schon hier auf Erden vortäuschen könnten.

Da gab es natürlich rings in der volkreichen Runde ein tiefes Geraune und ein immer größeres Gewirr, stumm und ehrfürchtig.

Der ganze Marktplatz war jetzt dicht vollgepfropft mit Menschenköpfen wie der Topf mit Erbsen.

Alle hatten die Münder noch weiter offen vor Staunen. Auch weil der Lärm im Innern der Teppichbude noch immer zunahm.

Bis endlich der Kräutermann, aber nicht mehr in seiner ungelenken, trüben Langschössigkeit und Beschirmtheit, jetzt als ein satanischer Schwerenöter, seidig gefalbelt, mit spitzem Degen am goldenen Gürtel, mit pechschwarzem Spitzbart und fliegendem Samthaar um die bleiche Stirn heraustrat. Nicht anders, wie einer der hundertmal von ihm genarrten Valonen. Hinaustrat in den furchtbarsten Lärm von Musik und Menschenstimmen, seine tollsten Zauberstücke in Händen, die er nur hoch hielt.

Da war auch im Nu in alle Instrumente und in das Volksgewirr das tiefste Schweigen gekommen. So daß nun in diese äußerste Stille auf dem Marktplatz mit einer lieblich klingenden, ganz fremdartigen, aber verständlichen Sprachweise seine Anpreisungen laut und vernehmlich tönten.

»Das ist ein Püffelring, geehrte Signoria dieser schönsten Stadt!« rief er lächelnd. »Verwarnt vor großes Unglück... da ist eine herrliche Stadt an die See... Lübeck... si Signori... eins der Kaufmänner trug diese Ring am Finger... und diese Ring war plötzlich gesprungen... und hätte dieser Mann nicht darüber gelacht... er könnte noch heute leben... er wäre hübsch daheim geblieben... daß ihn am anderen Tage auf die Gasse der Mörder nicht hätte begegnen und erstechen können...«

Er schrie eine lange Geschichte über die staunenden Köpfe hinweg von dem rotfunkelnden Hyazinthen, der von der Insel Sucota käme. Und daß es im Meissenschen Lande ein herrliches Schloß gäbe, das auf eitel Hyazinthensäulen errichtet wäre, um es vor Feuer und Fäulnis zu bewahren.

Hielt auch den wunderbaren Adlerstein hoch, der in seiner Hand, weil er hohl war und noch ein kleineres Steinchen darin eingeschlossen lag, hell klapperte. Erklärte mit lockendem Entgegenkommen, daß man ein solches Steinei nur im Neste des Adlers fände. Daß man ihn sonst sehr teuer bezahlen müßte, weil der Stein den Müttern in Kindesnöten Kraft brächte. Und daß man ihn vielerorts sogar zum gemeinen Wohle auf den Ratshäusern hielte, um ihn den Müttern zu leihen.

So brachte er immer neue Steine, die sogleich reißenden Absatz fanden.

»Hier ist ein Chelidonier!« sang er fast in die Lüfte, »den man nur im Augustmonat bei wachsendem Monde in jungen Schwalbenmägen findet!« Und er vergaß manchmal das Ausländische und sprach dann, wie ein rechter Gebirgsbauer redet. »Die wuschpernen, klenn Tierla derfa noch kenn Dreck und kenne Arde beriehrt han!« Aber da besann er sich gleich wieder und fuhr um so geschmeidiger fort. »Nämlich es ist das Wunder der Wunder... du kleines, reizendes Freilein... da unten in diese Volksauflauf... du schiebst dieses kleine, keulige Steinchen in deine Augenwinkel neben die Schläfe... es läuft eilfertig drinnen herum... und jedes Staubkörnchen, das diese liebliche Äuglein drücken möchte, jagt es dir heraus, wie der Hund eine Hasen!«

Da reckten sich tausend Hände gleichzeitig. Alle Mannsleute gierten auch nach dem Stein, der in der Tasche getragen nüchtern machte, auch wenn man schon ein ganzes Oxoft Bier oder Wein hinuntergegossen.

Alle Weiberarme kamen jach in die Höhe, das Kraut zu greifen, wovon der Valone soeben versichert hatte, daß eine Messerspitze davon zerrieben und in eine Bratwurst gestreut, Müttern unfehlbar zu Knaben verhülfe.

Man kaufte auch Kleider, die zu kleine Leute sofort um einen Fuß größer machten. Und andere, die den Mädchen zu dürftige Leibchen voll, und den Mannsleuten Waden und Arme zu Knollen wachsen ließen.

Man kaufte auch Perücken, die gleichzeitig die dicksten Nasen zu einer Schönheitsform abschwächten. Und zu kurze länger machten.

Und der lustig betriebsam Valone praktizierte auch alles am eigenen Leibe vor der Menge Augen.

Er flatterte und schwenkte dann auch Siegteppiche in die Luft, die jedem auf Reisen Sicherheit brächten. Die, wenn er noch rechtzeitig auf sie träte, vor dem Schlage und dem Tode unterwegs behüteten. Die auch das Zittern der Glieder benähmen. Und wenn man bei neuem Monde tagelang starr darauf sitzen bliebe, Haupthaar und Augenbrauen ganz buschig machten.

Die Arme, die aus dem Volkshaufen in die Lüfte griffen, als tausend solcher Wunderdinge schon in der Menge kreisten, wurden immer zahlreicher. Der Valone verschleuderte auch die funkelndsten Geschmeide.

Und je üppiger das Geld aus allen Taschen der Städter in Strömen herzufloß, desto üppiger wuchsen die Fuder neuer Kostbarkeiten vor dem Volksgedränge ins Licht.

Der Valone verkaufte auch zyprischen Wein. Und Mohren kredenzten plötzlich an allen Ecken des Marktes mit launigem Lachen südliche Früchte in den Oktoberwind, der nur noch ungeachtet über die Köpfe fauchte, weil er wegen der hundert und hundert Füße, die den Marktplatz besetzt hielten, am Boden nicht mehr Raum fand.

Es war schließlich ein richtiges Jahrmarktsfest.

Wurstkessel hatten längst unter dem Volke zu dampfen begonnen. Es waren jetzt auch andere Verkaufstische mit tausenderlei Pfefferkuchen und frischem Backwerk an Ecken und Enden in dem Tumulte erstanden.

Denn die ganze, gute Stadt Hirschberg war von dem Marktschreier und dem einäugigen Leiermanne auf die Beine gebracht
und tumultuierte, einmal in Bewegung, lustig weiter.

So daß alle Kneipen und Haustüren voll glücklicher Manns- und
Weibsleute standen, die Zaubersachen in Händen hielten. Oder die
die Steinwunder schon an sich erprobten. Auch Frauen in den herr-
lichsten Kleidern charmierten. Und Gruppen von halbwüchsigem
Volk, Singinstrumente am Munde, einhermusizierten, bis zum Rande voll des Gejauchzes und Gelärmes, das seit dem Einzuge des
gebeugten Laboranten mit der unheimlichen Schirmmütze und des
krüpplingen Leiermannes eingesetzt.

Der gauklerische Valone war mitten im tollsten Jahrmarktstrubel
endlich tänzelnd an seine behaarte Karre zurückgetreten. Als ein
richtiger, feiner Ausländer in buntem Falbelhabit jetzt auch mit
buntseidenem Federhut wie ein junger, venezianischer Doge. Hatte
plötzlich den Karren, der nicht zehn-, sondern tausendmal aufs
letzte geleert sein mußte, vor der Leute Augen einfach an den beiden Griffen genommen. Hatte die Griffe wie die Hinterbeine eines
Bockes auf die Erde gebogen, so daß es die Leute jetzt sahen: die
Karre war eigentlich ein lebendiger Ziegenbock mit hochgenomme-
nem Hintergestell.

Und nun hatte sich der pechdunkle Fremdling unter dem Gejohl
der festlich berauschten Jugend, aber auch unter dem ausbündigs-
ten Freudentaumel der Alten, auf den lebendigen Bock gnädig lachend aufgesetzt, der auch gleich mit Purpursamt gesattelt dastand.
Und er war unter richtigem Jauchzen der ganzen Stadt, mit Winken
und Blumenwerfen aus allen Fenstern und seinem gnädigen Ni-
cken, ja sogar unter wirklichem Glockenläuten von den Kirchtür-
men, das er aber durch das Zusammenschlagen seiner Stiefel und
Steigbügel heimlich selber erregte, durch die Lange Gasse die
Warmbrunner Straße hinaus endlich wieder auf den Heimweg geritten.

Da war freilich die Phantasmagorie für die Hirschberger noch
lange nicht zu Ende.

Weil die Leute erst einmal ausschlafen und in ihren unverzauber-
ten Zustand zurückgebracht werden mußten, ehe sie es wirklich
erkennen konnten, daß sie mit Wurzeln und Haderlumpen, mit

gemeinen Kieselsteinen und Moos, mit gedörrten Erdmolchen und Fröschen und Strohwischen und vertrocknetem Dung betrogen waren.

Aber es war Oktober.

Rübezahl lachte nur vor sich hin. Hatte den Spaß bald vergessen. War längst in sein Kostüm als Meilengänger gefahren und befand sich schon wieder nahe am Vitriolwerk.

Oben in den Engtälern gab es noch andere Arbeit.

Es begann auf den Winter zu gehen. Und der Winter kam in diesem Jahre hart.

Da wollte manches Blatt vom Baume. Und mancher verdorrte Mensch ins Grab.

Auch die alte, hustende Mutter Gottwald wollte sterben. Sie hatte ihren Enkelsohn von drei Jahren in ihren dürren Knochenarmen, lag zusammengekrümmt in der Backofenstelle und ächzte.

Draußen ratterte der Schneesturm an der kleinen Holzhütte in der Schlucht, und es begann auf den Abend zu gehen. Da deuchte es der aufgescheuchten Alten, als wenn ein Altes käme.

Obwohl ihr einstiger Ehemann, der Schmied im Dorfe gewesen, ehe sie in der elenderen Armut wohnte, längst neben Pferdeleichen und Granatsplittern irgendwo zuhauf auf dem Ackerboden unbegraben verfault war. –

Ein wirrumhangener, braunhudliger, sanfter Schädel reckte sich auch gleich zur schiefen, niedrigen Tür herein.

»Brauchst gar nicht zu erschrecken, liebe Frau Gottwalden... 's ist der alte Gevatter!« sagte eine tiefe, gutmütige Stimme.

»O mein Gott... mein Gott du du!« seufzte die Alte, »immer Elend... bloß Not und Jammer... immer Elend... das arme, ganze, lange Leben... da is weiß Gott besser, ma läßt Not und Qual endlich hinter sich!«

Sie versuchte mit ihren verglasten Augen genauer zu sehen und kroch wieder zitternd und zögernd in ihr Lumpenbette zurück.

»Du willst wohl jetzt gar zu deinem Schmiede ins Grab nachfahren!« sagte der alte Gevatter sehr launig, hatte das große, böhmische Taschentuch, das er zum Beutel gebunden vor sich trug, sorglich gelöst und hielt ein glitzerndes Vogelbauer in Händen, darinnen sogleich ein lieblicher Vogel aufsang.

»Nu gar... du hast mir wohl einen *Kanarinenvogel* oder so mitgebracht!« sagte die Alte aus ihrer Backofenstelle, und ihr todbleiches Gesicht starrte auch schon an die rauchschwarze Balkendecke auf, wo der sanfte Gevatter den blinkenden Käfig befestigte.

»Ja... einen solchen Kanarienvogel hab ich dir mittegebracht!«

Der kleine, gelbe Vogel zwitscherte und jubilierte jetzt fröhlich.

»Ich hab dir den goldenen Vogel ausdrücklich mittegebracht... nämlich... es hat einmal einen Mann gegeben, der hieß Petrus Forschegrund... und dieser Mann hatte einem solchen kleinen Jubiliervogel solange zugehört, bis er darüber die Zeit und sogar das Sterben verpaßte... und wenn du also jetzt nicht gar zu erbärmlich kreißt und jammerst...«

Er vollendete seine Rede nicht, setzte sich nur auch still auf die Ofenbank nieder, um selber dem Vogelgesange zu lauschen.

Denn die Alte starrte nur noch staunend und schweigsam in das selige Tirilieren hinein.

Der goldene Vogel sang unter der rauchigen Balkendecke in die enge, irdische Dämmerung.

Bald herrschte tiefste Stille.

Der Totenwurm pochte in der oberen Türschwelle.

Und der goldene Vogel sang. Tirilierte und reckte selig Kehle und Köpfchen.

Da schien es der bleichen Alten in ihrem Lumpenbette zuerst und sie träumte in ihre leeren, verglasten Augen hinein, daß die Welt und alle Dinge in ihrem grauen Armutsstübel wie im Wasserspiegel leicht tanzten und tändelten, wie leise auf- und abgewiegt.

Und es deuchte ihr auch daneben, als wenn sie nicht mehr nur auf Erden, sondern mit dem Vogelgezwitscher unter den Wolken wäre und hintriebe.

Das waren wundersame Verwandlungen.

Auch der alte Meilenschreiter saß nur stumm, seinen Kopf in beide Hände gestützt und rührte sich nicht.

Und dann begann vor dem Auge der Alten eine kleine, goldene, warme Flamme zu brennen, wie wenn es auf ihrem eigenen Tische wäre. Das war der kleine, goldene Vogel noch immer, der sein seliges Lied ohn' Unterlaß hinaustirilierte.

Aber die Alte war doch noch einmal irdisch erwacht. Flüsterte Worte, die man nicht verstand. Und sagte ganz laut: »Ich lache!«

Weil der goldene Vogel sang und sang.

Dann deuchte es der alten Gottwalden fortwährend, als wenn ein leichter Zweig ihres blühenden Birnbaums draußen vor den Fenstern in blauer Luft hin- und herschwankte und leise an ihrer kleinen Sonnenscheibe auf- und niederstriche.

Und es schien ihr auch, als wenn ihr Bäumchen ein Paradiesbäumchen wäre, obgleich es nur dürftige aber schneeweiße Blüten trug.

Und in das selige Bild, das beständig vor ihrem erloschenen Auge stand, schien sich das Aufatmen ihres dreijährigen Enkels lieblich vernehmbar und wie erlöst hineinzumischen. Nichts sonst hatte sich ewig in der stillen Dämmerhütte geregt.

Nur der kleine, goldene Vogel flötete und tirilierte unaufhörlich.

Ganz spät erst begann sich der alte, bedächtige Meilenschreiter auf der Ofenbank zu regen, war ans Fenster getreten, damit ihm noch der trübe Schein von draußen das alte Gesangbuch ein wenig erhellte, und fing mit seiner rostigen Stimme ein altes Kirchenlied einsam zu singen an.

Wie am Abend die enge Stube im Tiefdunkel sich mit den jungen Leuten, dem Sohne der Gottwalden und dessen jungem Weibe und den beiden frischen Jungen füllte, die draußen im Sturme Holzbürden vom Walde hintereinander niedergeschleppt, und jetzt nur nach derben Brotkeilen und einem Trunke Wasser Gier heimbrachten, da war die Stube tiefstill.

Weder der goldene Vogel im Käfig an der Balkendecke, noch irgendein alter Hudelkopf stand mehr vor dem Fenster und sang ein Gesangbuchlied.

Nur das Gesangbuch lag noch auf dem Fensterbrett aufgeschlagen, als das junge Frauenzimmer mit ziemlichem Lärm den Span vor dem Ofenloch entzündete.

Aber wie die Kinder nach der alten Großmutter sahen, standen sie bald, eins nach dem andern, stumm um eine Entschlafene herum.

Die alte Mutter Gottwald hatte über dem Singen des Jubiliervogels wirklich das Sterben verpaßt. Lag jetzt mit ganz jungem Gesicht da. Längst unwiederbringlich in die Ewigkeit eingebettet.

An diesem Abend war den Lebendigen in der armen Hütte zumute, als läge Goldstaub auf allen Bänken. Und als sänge immerfort heimlich eine ferne, selige Vogelstimme draußen in der Winternacht.

Und das junge Weib sah dann im Traume lange den Himmel weit offen. Und sah die Großmutter im hellerlichtesten Himmelsschein über Wolken gehen.

*

So hat Rübezahl auch manchmal die Mühseligen, die er liebte, die kleinen Mühsamen in den steinigen Schattentälern des Riesengebirges mit einem Stück tiefer Lebenswonne bedient, die je und je nur von den Inseln der Seligen herfliegt.

Sechstes Abenteuer

Wie Rübezahl sich in seinem Geisterreiche die Zeit vertreibt

Oben im Gebirge schrie jetzt der Nordsturm.

Noch am Vormittag hatte die Dezembersonne blaß geschienen und die kleinen Fenster der Hütten am Hange mit ihren matten Strahlen dünn vergoldet.

Aber gegen die Vesperstunde begannen Huschen Schnee mit wildem Hörnerschall auch durch die Hohlen unten hinaufzufahren. Und oben höher auf den freien Steinhalden des Kammes jagten die schneeweißen Bergfrauen in feinen Glitzerschleiern im Wirbeltanz, Hunderte und Tausende die abschüssigen, reinen Flächen hinab.

Da blieb keine Stätte hoch oben, wo nicht in sinnverwirrendem Zuge die unkenntlichen, vermummten alten Rauzen und Knieholzzwerge in den menschenleeren Einsamkeiten umfegt und umgellt waren.

Tausende von Windsbräuten mit gierigen Herzen und gierigen Mündern, die ihre Buhlen im Fluge suchen gingen, waren in Gründen und Schluchten zugleich aufgewacht. Und die verdorrten und abgestorbenen Forstherrlichkeiten alle, die noch eben in der herbstlichen Sonne sanft geleuchtet hatten, begannen unter jähem Bellen und lautem Gekläff der tollen Meute mit flatternden Graukleidern hangauf hangab im Kreise zu jagen.

Heere waren überall aufgestanden und in die Lüfte geflohen.

Heere, wie sie der große Schwedenkönig nicht zahlreicher gegeneinander durch Deutschland und Böhmen gejagt.

Undurchdringliche Wirbelheere.

So daß das Auge des kleinen Dorfschmiedes in der umheulten Wohnhütte in der Schlucht durch die verfrorene Scheibe hinaufsah, wo kein Himmel mehr sich zeigte.

Heere, deren Gejohl und freches Gewieher den dicken Schankwirt mit flatternder Schürze von dem kleinen Scheunentore wieder jach in den Hausflur zurücktrieb.

Denn die kleinste Ritze am Scheunentore in diesem Augenblicke aufzutun, hätte nur heißen können, die beiden Torflügel auseinander zu reißen, damit die lechzenden, von hudligen Silbergespinsten umflogenen Gesichter der Bergfrauen zu Scharen auch noch auf die glatte Tenne stürmten und die kleine Tenne samt Körnerresten und Strohpuppen zum Tanzsaale machten.

Da war für den Menschen in den kleinen Bergdörfern keine Rettung vor Wintergewalten.

Die Armseligen innen saßen in ihren Holzhütten und starrten in den langen, trüben Stubendämmer.

Welche auch saßen und schnitzten Rübezahle, wie die Leute an heiligen Wallfahrtsstätten Muttergottesbilder und den Christ am Kreuze schnitzen.

Da waren Rübezahls Atemhauche auch vom Sturmheer gefaßt.

Da war auch er einer aus einer anderen Welt. Und durchraste die Räume einsam wie der Sturm selber.

Blieb ungestalt.

Weil er jetzt mit Menschen nicht mehr handeln brauchte, die nur ihresgleichen mit ihren kleinen Tieräuglein begreifen können.

Ging mit den wesenlosen Nebelfrauen wesenlos im Zuge, die Winterhirsche und Winterrehe in die Täler treiben.

Da jauchzte auch sein Herz.

Da lag die Welt der Menschentäler tief unten.

Da wuchs auch er schemenhaft in die Lüfte wie der Gewaltigste unter Gewaltigen.

Da fuhr er wie ein wahnsinniger Luftgeist einher, den tausend Tänzerinnen wie ihren Götzen umtanzten. Oder vor dem tausend Beterinnen sich in den wirbelnden Schneestaub beugten.

Da konnte das Menschenauge hoch oben nur unheimliche Visionen entdecken, die sich im Fluge zerlösten, wenn es einen Blick hoch hinaufgeworfen, sobald eine unsichtbare Riesenhand ein Loch in die treibenden Nebelschleier gerissen und das Tal bis hinauf zum Kamme einen Augenblick freigemacht.

Da ahnte man wohl, wie ein kühnster Führer seine Geisterscharen in wilden Haufen in die Schluchten trieb, sie in der Tiefe plötzlich verbergend. Um sie im nächsten Augenblicke neu emporzutreiben, daß sie kühn und dröhnend die Höhe hinanmarschierten, bald im tollsten Handgemenge miteinander.

Da stand Rübezahl mitten inne. Hochgerichtet im Luftkreise. Ein kühnes Gespinst. Umheult und umbrüllt wie ein Fels im Meere.

Nur Wahnsinn und Gier um ihn und hartes Gelechz.

Nicht anders auch, als wäre er ein kühner Hexenmeister am Sabbattage der Hölle.

Als wollten die allertollsten Hexenweiber den Herrn der Feuer und Stürme selber zu ihrem Buhlen machen. Und mit ihm durch alle Hohlen jagen und um alle verschneiten Gebirgsriffe teuflische Tänze im Fluge tanzen.

Das waren Tage, wo Rübezahl nichts mehr vom Meilenschreiter oder vom grünbeschirmten Laboranten wußte. Sich niemals erinnerte, als Rad in Sommersonne von den Grenzbauden nach Schmiedeberg getorkelt und getanzt zu sein. Vielleicht noch eher daran, daß er auch einmal als Baumfalke mit Tausenden schwirrender Kohlweißlinge auf einer Sommerwiese um die Wette geflattert und getändelt.

Das waren Tage, wo man die innerste Gewalt seiner Lüste ausspürte. Wo man begreifen konnte, daß ein solcher wie er mochte ein Verwandter von Geistern aus dem kalten Weltenraume sein, der von wer weiß woher einst seine Reise aus Ferne und Sternenlicht auf die steinige Erde gemacht, um hier des Riesengebirges Herr und Meister zu sein. Wer auch sollte jetzt wissen, welche der tausend Buhlerinnen, deren Gieren über die Berghalden schrien und gellten, ihm seine Gnadenlaune am jähesten abstahl. In welchen Tanzwirbeln sich seine Süchte am künsten erletzten.

Wer hätte es wagen dürfen, heimlich zuzusehen, wie die tobsüchtigen Flockenweiber ihn umringten. Ihm auf Kopf und Nacken sprangen. In tollem Hintreiben auf seinem Rücken hockten, so daß er sich ihrer kaum erwehren konnte.

Wie er mit seiner Sturmpeitsche den Scharen um die silberglitzernden Geschmeide schlug, daß es hundertfach klirrte. Weil sonst vor ihren Umarmungen und Erstickungen keine Hilfe gewesen.

Oft stand Rübezahl wie ein weißer, gewaltiger Hirsch kühn auf der Höhe, Machttöne voll Brunst die Hänge niederbrüllend. Die gestauten Nebelheere in trotzendem Lachen rings um ihn.

Wer könnte je die einsamen Leidenschaftsspiele begreifen, wenn alle eisigen Wintereinsamkeiten den gewaltigen Berggeist aus seinen Schlupfen emporgelockt, um sich selber genug zu tun und seiner irdischen Herrschaft froh zu werden.

Da waren viele Tage und Nächte, die unheimlicher und erschütterlicher waren wie die ersten Schöpfungstage, wo die Engel die Ecksteine der Welt in die Räume geworfen unter dem Jauchzen der Morgensterne.

Da war kein Sehen mit Menschenaugen. Und das Ohr der Menschen wäre nicht fähig gewesen, das Brausen aufzunehmen, das wie ein Brüllen von Orkanen wild durcheinander ging.

Da wurde jeder begreifliche Laut wie ein Tropfen im Meer verschlungen.

Das waren nicht Finsternisse für ein kleines enges, irdisches Leben.

Nur Finsternisse, dreimal so tief wie die dunkelsten Nächte.

Und sinnloseste Verwirrungen, als wenn es gälte, noch einmal die Urlust des Chaos auszukosten.

Da wollte der Geist der Berge unter den entflatterten tausend Gieren Herr und Genießer sein.

Das waren keine Menschenfreuden.

Das waren Dämonentumulte im Blute des unbarmherzigen Bergriesen, dessen Gelüste aufzischten wie Schlangen aus Eiskristallen, die um Berghäupter herum wuchsen, um sich als wilder Drachen mit unzähligen Mäulern bis zum Himmel auszudehnen.

Hu! Schneestürme hoch und fern, dem Wolkenzuge nahe. Darein die gierigen Bergfeen jauchzend springen, um endlich selbst die lieblichen Goldengel zu ihren Liebesspielen zu greifen und herunterzuholen.

Oder daraus sündige Engel, von flüchtigen Sonnenschimmern beglüht, gierig herabstürzen, von der Frechheit der irdischen Schneeschatten verlockt, um in dem freien Treiben über die Hänge einmal Lust und Wahn des Erdenglückes auszukosten.

Und dann ewig zu stürzen und zu stürzen. Wie ein Wasserfall stürzt. Stufe um Stufe in die Dämmer der Abgründe.

Das war Rübezahls Geisterreich.

Wenn die Sonne ihren kurzen Weg um die Erde nahm, so daß an dem Steinleibe der Erde Wonne und Wachstum und die Glückseligkeit von Blüte und Baum und Vogelsang ganz verarmte, saßen die Menschen unten im Tale heimlich in ihren Hütten und warteten, daß sie endlich den heiligen Lichterbaum neu entzünden könnten, um darunter zu singen, daß doch wieder der Frühling kommt.

Tage um Tage, Wochen um Wochen ging es so in den einsamen Winterbergen...

Aber eines Tages konnte der mächtige Berggeist dann auch einmal von den wilden Sturm- und Eisfesten hoch oben verschnaufen.

Da lag er hingedehnt wie ein Schemen am Rande einer weißen Winterwiese und tändelte hin im Erinnern und Hoffen wie der Mensch selber.

Denn Sehnsucht nach Frühling mag wohl in allen Geistern wohnen.

Da spielte er lose damit, die stillen Schneewiesen auf allen Gebirgshängen zu überhauchen, daß sie bald glitzernd unter dem tiefen Blau des Himmels lagen. Versuchte über sie gleichsam hinzuträumen, als wenn schon wieder der Frühling wäre. Und so im Träumen, die handtellergroßen Eisblätter reichlich eins in das andere geschachtelt, Rose an Rose aus diamantenen Scheibchen über die Wiese hinzubilden.

Und schien dann wohl auch, kaum wie das glitzernde Schemen eines Tänzers, über die tausend Wunderblumen hinzuwehen.

Horchte im Schauen tief versunken lange in die Waldeinsamkeiten hinein. Dort wo unter schneelastenden Hochstämmen ein Bergwasserlauf sich unter Eise staute und dumpf brauste.

Saß wieder am Bachrande im Schnee, wo die tiefschwarze Wasserstarre spiegelt.

Hauchte auch hier im Erinnern, gleichsam als wenn es schon wieder Frühling wäre, stille Scharen großer, weißer Falter über den dunklen Wassergrund. Die feinsten, diamantenen Flügel wie zum Fluge gebreitet. Als wenn sich Rübezahl auch noch zugetraut, mit dem leisesten Atemhauche das silbereisige Sommergaukelspiel als Hunderte weißer Schmetterlinge in die Lüfte aufzutauchen.

Auch heute war ein solcher ruhiger, eiskalter, eisklarer Wintertag gewesen.

Rübezahl war allenthalben unten über Wiesen und in Schluchten lose umgegangen, leiser wie eine Husche gestörter Schneekristalle von einem Tannenwipfel herabstäubt.

Und nun war er achtlos schon wieder hinauf, quirlte zwischen den Eispalästen der gebeugten Kammknorren, wo verwunschen glitzernde Gestalten ihn um und um wie ein müdes Heer umgaben. Skythe an Skythe auf mageren Pferden. Kanonengefährte und Fußvolk in diamantenen und goldenen Lappen und Lumpen. Alles im Tode erstarrt. Auch dazwischen schlafende Adler und erstarrte Beterinnen. Alles aus Eiskristallen flüchtig und unbegreiflich hingebildet.

Hinter dem Hochstein schien die Sonne wie ein Feuer zu brennen. Die Täler lagen ganz unter schneeweißen Nebelbetten verborgen. Der Reifträger erstrahlte wie aus Golde. Und von der Tiefe wogten die Talnebel dünn und lose dem obersten Bannwaldgürtel zu, dessen urweltliche Eisbehänge im eisfarbigen Lichte hundertfältig flimmerten.

Wie Rübezahl lose so hintrieb, begann er gleichsam in einem erhabenen Weltentraum sich zu verlieren. Und Wunder in die Abendluft träumend, mit seinem leisesten Bergatem in die Waldflächen hineinzuwehen.

Da deuchte es, als wenn die tausend und tausend schneeverwunschenen Waldgebilde plötzlich nicht mehr starre, eisverhangene Bäume wären.

Als wenn nur Scharen stummer, grauer, langschopfiger Riesenvögel hockend in dem weiten Bergkessel säßen, darein sie mit ihren trägen, schwerfälligen Flügellasten Zuflucht suchend sich dicht ineinander gedrängt.

Und es schien auch, als wenn unter dem erzenen, rauchsilbernen Gefieder ein feierliches Schwanken und hartes, klirrendes Vibrieren jetzt anhob, das metallene Töne wesenlos auftrieb. Ein weiter, unbegreiflicher Chor war aus den eisbehangenen Bergwäldern plötzlich aufgewacht.

Ein sagenhaftes, unirdisches Tönen. Steinhart und klar, als ob allenthalben hellste Diamanten und Saphire wie zufällig sanft aneinander schlügen und feinste, spröde und durchdringende Glockentöne gäben.

Nicht wie aus je erdachten menschlichen Instrumenten.

Die Töne schienen unbegreiflich frei in den Lüften zu hängen. Als wären die Lüfte selber entfesselt ohne Ursprung und Grenzen.

Es klang nicht wie Sehnsuchten der Menschenseele.

Nicht wie Zerrissenheiten oder Klagen.

Es klang wie ein selig gebundenes Schöpferlied.

Schlaf oder Tod gebunden.

In silberner Schönheit und Klarheit erstarrt. Und wie Traumschemen noch wieder sich regend.

So schwoll es geheimnisvoll auf und ebbte jäh ins Nichts, ohne daß je von dem tiefen Himmel und den glitzernden Bergwänden eine Antwort erwachte.

Auch Weideglocken einer freien Herde schienen für Augenblicke darein zu klingen. Und auch wieder Harfen und Geigen in den Lüften dazwischen zu singen und zu zerklirren.

Das war kein irdisches Tönen, das die Scharen rauchsilberner Zaubervögel mit dem Zittern und Schwanken ihrer müde atmenden

Riesenflügel in die verglühende Sonne sangen. Das war Rübezahls Wintermusik, die den eisklaren Bergeinsamkeiten und dem bleichenden Ätherhimmel, als das Sonnenfeuer verglommen war, immer noch zuschwoll wie von einem Unsichtbaren geläutet.

Siebentes Abenteuer
Wie Rübezahl Maria, Joseph und den Sternträger und später die beiden Bradlerjungen aus der Martinsbaude in sein Geisterreich aufnimmt

Unten in Spindelmühl hausten in einer Holzhütte am Waldsaum armselige Besenbinder. Der alte Veist mit der kranken, frommen Frau und zwei Jungen, denen sich noch immer aus dem unteren Dorfe ein dritter Junge zugesellte, wenn es galt, auf Abenteuer zu gehen.

Der alte Veist war ein gehässiger Bocksbart, den nur die gelähmte Alte mit dem Heiligengesicht im Zaum hielt.

Aber die Jungen hielt niemand im Zaum. Denn *die* gingen durch Dick und Dünn, wo Gelähmte nicht den Weg finden, auch wenn sie wirklich noch anderthalb Beine gebrauchen könnten.

Ernst und Paul, vierzehn- und zwölfjährig, hatten derbe Muskeln und viel Hunger. Die Hütte oben wurde auch leicht kalt, wenn der Winter hart und kein Holz auf dem Stapel war.

So war ihnen weder das gräfliche Holz im Walde, noch der Kartoffelkeller des Polizeimeisters heilig, selbst wenn sich hinter dem Lattenverschlag noch eine große Preßwurst zeigte.

Kecke, lustige, rothaarige Jungen beide. Frech, daß sie am Dorflehrer und am Schulzen sicher lachend vorübergingen, wenn sie nicht nur Kartoffeln und Rüben, wenn sie gleich eine ganze Speckseite unter ihren Lumpenkleidern verborgen hielten.

Und gutmütig waren sie auch.

Dem noch elenderen, letzten Dorfbettler schnitten sie triumphierend die Hälfte ihres Winterraubes ab, wenn sie es gehörig im Heimlichen tun konnten.

Es war ihnen nicht nur um die Aussicht, sich daheim voll zu fressen. Auch das Gefühl, sich an dem Polizeimeister zu rächen, belustigte sie höllisch.

Der dritte im Bunde hieß Richard, dessen Eltern nie in der Welt existiert hatten.

In der Schule standen gewöhnlich alle drei mit von Rohrstockhieben zerdroschenen Rücken im Winkel. Denn der kleine Richard litt zu Recht oder Unrecht mit, wenn die Veiste für ihre Frechheiten den Zahlaus bekamen.

Richard war immer mit ihnen.

Heute stellte er die Jungfrau Maria dar und trug das Jesuskind im Arm. Er war ein zärtlicher Junge, den Veistjungen bis zur Unterwürfigkeit ergeben.

Ernst Veist war Sternträger.

Paul Veist trug unterm Mantel die goldene Krippe und das blaue Zimmermannshemd.

Alle hatten Gürtel und Schnallen und Knöpfe mit Gold beklebt. Und Maria trug die goldene Krone auf dem Kopfe.

An diesem Tage gingen die Wintergewalten in den Bergen mit heulenden Tönen und Schneewolken über die Hänge.

Es war ein Dezembertag.

Auch drei Waldarbeiter, junge Männer aus den benachbarten Hütten, die die Veistjungen gut kannten, wanderten als die drei Könige aus dem Morgenlande mit purpurnen Kattunlappen und Kronen lustig verkleidet auf die Hänge hinauf. Da hatten es die drei waghalsigen Jungen ruhig mit unternommen, auf den Kamm hinauf zu ziehen, um oben in dem traulichen Holzgehäuse der Peterbaude den Traum des alten Weihnachtsspiels wecken zu helfen.

Jetzt war es später Nachmittag, und man stapfte schon höher im Walde aufwärts.

Die purpurnen drei Könige schritten bereits aus dem Waldgürtel heraus den Hang empor. Immer noch im Licht des Tages trotz des heulenden Flockentreibens.

Man konnte auch einander immer noch sehen.

Tiefer schwenkte der Sternträgerjunge im Wirbel den Goldstern an der Stange.

Noch weiter unten drehte sich Maria im tollsten Flockentanze, schwang das Kindlein in die Lüfte und sang in die tollsten Windhuschen:

»– inse Mutter soate:
War ne vor da Pilza ißt,
Die doch schmecka wie Solloate,
Wie ihr jo schunn olle wißt,
Hot faars ganze Johr doas Leiden,
Doß ihm kene Kleider stihn,
Migas sein die schinsta seiden,
War de ißt, dam stihn se schin.«

Aber wie dann die Dämmerung gekommen, waren die drei Könige bald ganz in dem treibenden, quirlenden Grau der Höhe verschwunden...

Als Maria und Joseph aus dem Waldgürtel heraus auf die freie, unsinnig durchfegte und immer mehr in Dämmergrau sinkende Höhe traten, mußten sie sich fest aneinanderhalten.

»Du... Paul... oben in der Baude... verstehste... Warmbier... der alte Erlebach... den kenne ich gutt!« sagte Maria plötzlich, vom Sturmhauche ganz um den Atem gebracht.

Aber kühn waren auch die beiden kleinen Zwölfjährigen. Man konnte auch denken, daß ihnen jetzt der Sternträgerjunge schnell zupfiff, der ihnen voraus war.

Denn Pfiffe formten sich in der Dämmerjagd.

Den beiden war lustig zumute, daß es so toll in den Lüften zuging.

Und wie sie in dem nächtlichen Dämmer stapften, psalmodierte Joseph:

»Meinen Jesum laß ich nicht, holla hü, holla hu!«

Aber je länger sie schritten, desto dunkler kamen die Scharen der Bergweiber am Hange niedergetrieben.

Und je höher sie an dem freien Hange weiterzogen, desto atemloser wurde der Weg, und trieben ihnen die heulenden, johlenden Schemen sinnlos hetzend den Atem vom Munde weg in die Täler.

Über ihnen und um sie in der finsteren Nacht hing und raste wesenloser Tumult nachtgrauen Gelichters.

»Nu, das heißt... hier erfriert man sich obendrein noch die Zehen... wenn wir überhaupt wüßten, wo wir hier wären!« sagte Maria.

»Ach... nur feste... wir kommen schon vorwärts!«

Das kam schon so wild und sinnverworren, daß sie ihren lustigen Weihnachtsrefrain doch eine Weile vergessen mußten.

Aber Mut hatten sie. Frech waren sie. Nicht nur vor dem Dorfschulzen und Dorflehrer. Frech waren sie auch gegen die wilden Fauststöße der gespenstisch jagenden Weiberheere.

Schließlich begannen sie sich, als ihnen die Nacht unversehens vollends auf dem Halse saß, nach dem Sternträgerjungen zu sehnen.

Und Maria dachte dann auch gleich an die hellerleuchtete Pfarrstube zurück. Und es fiel ihr ein, wie sie gestern unten im Pfarrhause in Spindelmühl das heilige Puppenstöckchen behaglich in der Wiege gewiegt. Indessen Joseph mit der Rute in der Hand knarrig singend um des Pfarrers Eßtisch in der warmen Stube Umgang gehalten.

Da fingen sie plötzlich an, wie aus einer Kehle nach dem Sternträgerjungen zu schreien. Oder wenigstens halb lachend seinen Namen in den düsteren Nachttumult hinauszurufen.

Beide ein paarmal zu gleicher Zeit. Aber da war kein Widerhallen, weil ihnen nur heulend und in Fetzen zerrissen die Worte vom Munde flogen und in die Dunkelschluchten niederpfiffen.

Da war doch allmählich beiden eine Ahnung gekommen, daß sie vielleicht in der Irre säßen.

Denn sie waren wieder ewig gestapft.

Um sie war jetzt nur Nacht und Wirbel und ein reines Tollhaus von quiekenden und schmetternden Tönen.

Sie konnten beim besten Willen nicht mehr wissen, was Oben und Unten, Rechts und Links in diesem wahnwitzigen Umgang noch bedeutete.

Da griff Maria zum Glück eine Wegstange.

Und außerdem, weil sie beide glühend heiß in ihren gefrorenen Kleidern steckten, machte es ihnen längst neue, gute Täuschungen vor.

Sie sahen die Warmbiertöpfe vor der Nase dampfen. Und einen tiefen Teller voll Suppe mit großen Fleischbrocken drin, ein jeder.

Und in beider Blute stieg auch der Vers wieder auf:

»Meinen Jesum laß ich nicht, holla hü, holla hu!«

Und es war ihnen auch wieder sehr weihnachtlich zu Sinn. Und weil sie dann *noch* eine Wegstange griffen, stapften sie weiter, was das Zeug hielt.

Bis sie plötzlich einen Stern am Himmel schießen sahen; ein Gezeter und Dröhnen und Donnern wie ein Lawinensturz auf sie einstob, sie hart zurückstieß. Sie umstäubte. Und sie irgendwo tiefer in eine Schlucht senkte.

Da gingen die Gedanken der beiden nur eine Weile im hellen Wirrwarr um. Das Blut tollte. Sie griffen nacheinander mit den Händen und griffen nach ihren Gesichtern, die richtig mit Eis überzogen waren. Obwohl aus ihnen nebenbei auch noch ein lustiges Lachen ausfuhr, wie bei tollkühnen Leuten, wenn sie die tollste Gefahr vor Augen haben.

Sie hatten die bellende Nacht vor Augen.

Maria schossen auch innere Bilder vorbei.

Nein, wirklich war ihr bei dem Sturze noch einmal die allerlichteste Pfarrstube mit vor dem Blicke vorbeigesprungen.

Und auch Joseph hatte schließlich einige Juchzer in die Luft gerufen.

Aber sie klammerten sich dabei fest aneinander. Sie hatten die Gesichter ganz nahe zueinander gebracht. Sie fühlten ihren heißen

Atem in der beißenden Eiskälte wohlig. So daß sie sich ihn wechselseitig vom Munde tranken.

Denn die Eiskrallen stachen an allen Ecken durch die Kleider ins weiche Fleisch.

»Feste, Paul... immer feste!«

»Immer feste, Richardtel!«

»Wir müssen raus aus der Fuchsfalle!«

»Jawohl... Richardtel... stemm dich!«

»Es wird schon!«

»Jawohl... es wird schon!«

»Stemm dich, Paul... es geht...«

»Gut... Ja... Plampe...«

»Ich sage dir, Paul... es geht...«

»Es muß gehen!« sagte Paul.

Sie dachten jetzt wirklich, es ginge.

Und im nächsten Augenblick hatten die johlenden, jagenden Geisterheere längst wieder ihren Atem ausgetrunken und sie um die Besinnung gebracht.

Sie rutschten von neuem.

Den Stern am Himmel sahen sie neu niederschießen.

Und ein paar hartgefrorene Kleiderzipfel hörten sie beständig aneinander klappen und schlagen, soweit sie nicht ganz in der verzweifelten Sturmnacht untergegangen.

»Paul... wir müssen vorwärts!«

»Wir müssen vorwärts, Richardtel.«

In beiden stieg jetzt die Angst auf die Höhe. Der Atem jagte ihnen vom Munde weg heiß wie Dampf.

Sie klammerten sich krampfend aneinander.

Sie wollten nun um Hilfe rufen.

Richard begann aufzuweinen.

»Sei nicht verrückt, Richardtel...«

»Hier kommen wir um!«

»I keine Spur... wir kommen nicht um!«

»Hier kommen wir um... meine Beine sind starr... ich sag dir, ich kann kein Glied mehr rühren...«

»Schlag die Arme ineinander... und rühr die Zehen...«

Dann begannen beide wirklich ihre Hilferufe hinauszuschreien. Und tief in die tollenden Finsternisse gleich danach hinauszuhorchen.

Jetzt begriffen es die verwegenen Jungen, daß sie irgendwo in eine Gebirgsschrunde hineingestürzt waren und an diesem Abend und diese ganze Nacht keine Hoffnung auf Hilfe mehr war.

Da begannen sie auch ebenso rasch ganz still ineinander einzukriechen, sich dicht aneinander zu legen und eine lange, stumme Weile nur den Schauern der treibenden Nachtgewalten sich zu ergeben...

Aber... da kam... in die brüllende, furchtbare Nacht... ganz langsam ein kleines, helles Licht.

Offenbar von einer ziemlich großen Stallaterne.

Das warf einen Schein weit vor sich.

So daß die beiden gar nicht sehen konnten, wer eigentlich diese Laterne vor sich her durch den samtschwarzen Wirbelsturm herantrug. Es deuchte ihnen nur, als wenn sie einander neu vor Augen hätten.

Der Gottesmutter hatten die Bergfeen offenbar ihren alten Jackenfetzen längst in die grauen Gründe fortgetrieben.

Sie stand jetzt im blauen Gewande. Hielt das Christkind zärtlich in ihren Arm gedrückt, und die kleine Goldkrone auf ihrem Blondhaar schimmerte hell.

Auch Joseph stand im blauen Zimmermannshemd, eine kleine Krone im Haar. Und die Goldkrippe vor sich in beiden Händen.

Beide schienen gleich mitten in einem Strahlenlicht zu stehen.

Und dann war der Nachtwandrer ganz nahe herangekommen. Ein kräftiger, breitmäuliger, behaglicher Kerl mit verschneiten Hudelhaaren. Der ihnen aber nur freundlich zuwinkte, hintendrein zu gehen, als er die Höhe in dem Wirbeljagen in sich versunken weiterschritt.

Es begannen dann auch Menschenstimmen wer weiß woher plötzlich zu klingen.

Das alte Baudenhaus schwebte richtig wie aus dem verhallenden Nachtsturme hervor.

Und als sie die kleinen lichten Baudenfenster schimmern gesehen, waren sie über die trauliche Schwelle in die große Baudenstube hineingehuscht.

Da saßen sie längst am warmen Herde geborgen.

Es gab ein fröhliches Durcheinander.

Die Heiligen Drei Könige schritten unter der niedrigen, spanerhellten Balkendecke um die bunte Säule herum. Auch der muntere Sternträgerjunge hielt lachend die Stange mit dem goldenen Flitterstern hoch.

Durch Blick und Blut all der vielen Leute juchzten die Worte:

»Meinen Jesum laß ich nicht, holla hü, holla hu!«

Alle, auch die Väter und Mütter, die aus dem Tale gekommen waren, taktierten fröhlich den eilfertigen Rhythmus in die Lüfte.

Auch die dampfenden Kessel auf der Ofenplatte und die Dampfkringel aus den vollen Warmbiergläsern und Suppennäpfen schienen die Weise mitzusingen.

So daß ein tolles Gelächter herrschte. Und allen drollig und selig zumute war.

Nun hoben sie an, gemeinsam zu singen:

>»Wir treten herein ohn' jeden Spott:
>Ein'n schön guten Abend, den gebe euch Gott!
>Ein'n schön guten Abend, eine fröhliche Zeit,
>Die uns der Herr Christus hat bereit't.
>Wir sein gezogen in großer Eil',

In dreißig Tagen vierhundert Meil'n.
Da kamen wir vor Herodes sein Haus.
Herodes, der schaute zum Fenster heraus.
Herodes, der sprach aus falschem Sinn:
Ihr lieben Weisen, wo wollt ihr hin?
Nach Bethlehem, ins jüdische Land,
Dort sind wir drei Weisen gar wohl bekannt.«

Eine rätselhafte, monotone Musik. Darein auch für Augenblicke harte Sturmstöße wie aus Tiefdunkel stöhnten. Indessen in der traulichen, lichten Enge das winzige Geräusch der heiligen Wiege fortwährend deutlich den Takt schlug.

Dann trat der eine der Mohrenkönige vor, in Purpurmantel und goldener Krone:

»Ich bin der König aus dem Mohrenland,
Die Sonne hat mich so verbrannt.
Schwarz bin ich, das weiß ich,
Die Schuld aber ist meine nicht,
Die Schuld ist meiner Kindermagd,
Weil sie mich nicht rein gewaschen hat.
Hätt' sie mich gewaschen mit dem Schwamm,
So wäre ich weiß wie ein Lamm;
So aber hat sie mich gewaschen mit dem Lappen,
So bin ich schwarz wie ein Rappen.
Pax vobis! Friede sei mit euch!
Ein'n schön guten Abend wünsch' ich euch,
Ein'n schön guten Abend den Herren und Damen,
Ein jeder wird's nehmen in Billigkeit. Amen.«

Irgendwo schien es auch von Eiszapfen eintönig zu tropfen.

Es war ein unaussprechliches Geheimnis.

Der alte, strupphaarige Nachtwandrer, der längst die große Stallaterne in den Winkel gehangen, saß breitbeinig auf der Ofenbank und lachte vor sich hin, die kurze Pfeife einen Augenblick taktierend in die Lüfte schwingend und auch psalmodierend:

»Meinen Jesum laß ich nicht, holla hü, holla hu!«

Alle hatten sich längst halbtot gelacht, als sie sahen, daß die zärtliche Himmelsmutter nur ein langer, feiner Knabe war.

Man hätte denken können, daß es eine hellerlichte, himmlische Stube wäre.

Die Sternsinger in ihren lichten, bunten Kleidern gingen darin um.

Manchmal schien das Bild für Augenblicke wie in tiefste Stille und eisige Erstarrung einzusinken.

Aber die Münder der Jungen öffneten sich neu von himmlischer Freude. Und schrien ausgelassen die Lust des Weihnachtspieles in die alte, wohlige Baudenstube.

*

Zwei Tage nachher hatte man die drei munteren Jungen aus Spindelmühl, Maria, Joseph und den Sternträger, nach langem Suchen irgendwo vom Wege abgeirrt, in der bittersten Kälte totstarr und verschüttet gefunden.

Aber seit jener Nacht huschen und treiben die dreie oben an allen Winterhängen des Riesengebirges hin. Fliegen und wirbeln unter den wilden Bergfrauen wie erlöste Luftgestalten.

Und mit ihnen zusammen tummeln sich in den jachen Flockenfesten der Höhe auch zwei andere waghalsige, übermütige Gebirgskinder, die sich in neuerer Zeit zu ihnen gefunden.

Das sind die beiden Bradlerjungen aus der Martinsbaude.

Denen hat Rübezahl in ihren Nachtschrecken auch zu rechter Zeit seine gaukelnden Baudenstufen unter die stämmigen Füße geschoben, als sie den Schlitten mit Winterholz verspätet aus der Höhe wollten ohne Vaterhilfe unten in die Martinsbaude niederholen.

Jetzt sehen Winterwanderer, die auf Schneeschuhen hinstieben, die Jungen hoch oben im Wirbel um die Wette tanzen, wenn die tollsten Stürme die Hänge fegen. Sehen den Sternträgerjungen den Goldstern an der Stange, Maria und Joseph in buntflatternden Kleidern lustig durch den Wirbel quirlen. Und die beiden Bradlerjungen mit ihrem mächtigen Schlitten mit hoher Holzbürde juchhend hintendrein durch die Lüfte ziehen.

Dort oben fliegen die kühnen Gebirgskinder, mit jedem neuen Winter neu erwacht und in Rübezahls Geisterreiche geborgen.

Achtes Abenteuer

Wie Rübezahl sich freute, daß das Riesengebirge auch seine historischen Tage hatte und wie er dazwischen den Prczichowitzer Jahrmarkt fegte

Diesmal war es ein Tag im August.

Niemals soll Rübezahl so ausgelassen, so kindisch und breitmäulig vergnügt, so pfiffig schwenkend und schwankend mit seinen langen Armen und mit den langen Fingern schwippend, so zu Luftsprüngen bereit und außer allem Gleichgewicht gewesen sein, wie in der Zeit, wo das Riesengebirge seinen großen historischen Tag hatte.

Niemals soll er auch sich eitler und richtig in langatmiger Trottelhaftigkeit kopfloser dienstwillig gezeigt haben, wie in den damaligen Augusttagen. Gleichsam als wenn sein heimlichstes Herz nie höher geschlagen.

Es hatten in dem Sommer Heere der Preußen und Russen monatelang bis tief hinein nach Schlesien abwartend gelegen. Und das Heer des Kaisers dehnte sich mit seinen vielen Feldlagern tief nach Böhmen hinein.

Durch alle deutschen Völker ging damals ein ehernes Schüttern.

Es war im August des Jahres 1813.

Allerwärts hielt man den Atem an.

Keins der Völker war einzeln stark genug, den gewaltigen Löwen im Westen, den großen Phantasten, der mit seiner grenzenlosen Staatsidee die Welt durchraste, wieder in seine irdische Enge zurückzutreiben.

Österreich zögerte noch immer den Kampf zur Befreiung mit den Preußen und Russen gemeinsam zu führen.

Man wartete längst auf die letzte kaiserliche Entscheidung.

Und die war an dem Augusttage endlich gefallen.

Fürst Metternich hatte den kaiserlichen Befehl in Händen, daß jetzt der gemeinsame Kampf für die Freiheit wirklich begänne.

Das war der große Tag für das Riesengebirge gewesen.

Das Riesengebirge sollte das gewaltige Postament sein, von dem aus in dieser Augustnacht die Feuerfanale von allen Höhen zum Himmel brannten, um den deutschen Völkern die Einigkeit zu verkündigen.

In dieser entschlußdurchtobten Nacht wollen viele Leute, auch Studenten, die über das Gebirge zu den Freiheitsfahnen heimeilten, den Rübezahl gesehen haben wie einen lustigen Schattenriesen, mit wildem Flatterhaar sich im jauchzenden Wirbel von Flammenherd zu Flammenherd drehen.

Und es scheint auch gar kein Zweifel, daß die kühnen Fanale im nächtlichen Luftkreis von den Tälern aus so mächtige Feuer schienen, als wenn sie von Götteratem hochgetrieben manchmal bis zum Nachtfirmamente auflohten.

*

Das Riesengebirge hat noch einen zweiten historischen Tag.

Der war elf Jahre später. 1824.

Es war auch ein Tag im August.

Der zweite historische Tag kam nur wie ein leises Abendwehen.

Aber er war nicht weniger deshalb nach Rübezahls Herzen. So daß er dabei die Koppe wie einen Feuerberg brennen ließ.

Aber wir wollen erst erzählen, was diesem Tage alles vorherging.

Die neuen Blütenlichter über Tannen und Fichten waren längst grün geworden. Die neuen Zapfen allenthalben schon geschwollen. Und der Wald duftete reich unter der heißen Augustsonne. Zwei Studenten der Theologie schritten die Paßstraße von Schreiberhau in der Waldkühle auf Böhmen zu.

Der beiden Blut hatte mit den sonnendurchringelten Flußwellen und mit den munteren Waldschatten und Goldlichtern gehüpft.

Sie genossen die Losgebundenheit der ersten Ferientage.

Und nun wanderten sie fröhlich singend und schauend in die Wiesenansiedlung Neuwelts hinein, deren graue und karierte Holzhäuschen im grünsten Grün der Gräser lagen.

Die alten Schornsteine aus den Glashüttenkolossen schickten ihren dicken Rauch in den tiefblauen Augusthimmel.

Junge Mütter im warmen Goldschein saßen auf den Türschwellen, Strümpfe strickend.

Die kleinen Kinder lärmten und schrien um die Häuser.

Sie sahen auch berußte Glasmacher am Tore der Hütten mit Kaffeetöpfchen im Schatten stehen und ihre Vesperstunde genießen.

Und obzwar die beiden Wandrer wie lustige Blätter waren, die sich gerne vom Winde treiben lassen, hatten sie doch einen alten, zerlumpten Bettelmann am Wege gefragt, wie sie am besten in die Berge weiterkämen.

Der staubgraue Lumpenkerl, der auch eine Art Torwärtel an einem Hütteneingang schien, hatte ihnen pfiffig geraten, über Wurzelsdorf nach Prczichowitz weiter zu wandern, weil dort oben grade ein schöner böhmischer Jahrmarkt wäre.

Die beiden, Gustav Reichardt und sein Freund, waren Studenten der Universität Greifswald. Waren Lieblingsschüler eines berühmten, dortigen Gotteslehrers. Junge, heiße Herzen. Jetzt noch mehr mitten im weiten Wald und Gebirge des Schwärmens voll. Beide mit einer Kehle voll Wohllaut. Gustav Reichardt auch mit einer Seele voll Melodien.

So wanderten sie mit Singen und mit Schauen noch eine Weile am Flusse weiter. Waren lange einen Waldweg unter Hochstämmen schroff bergan geschritten. Und traten endlich aus den kühlen Waldschatten wieder ins Freie.

Da glänzten in weit sich dehnender, hügeliger Runde allenthalben im hellsten Sommerlichte Dörfchen und Ansiedelungen nahe und fern und ferner bis in die entferntesten Höhen so schön und wellig getürmt wie die heiligen Stätten von Samaria und Galiläa.

Denn sie waren Theologiestudenten und sahen in aller Welt voll Wonne immer auch ein Stück der heiligen Geschichte schimmern.

Dort standen sie lange. Besahen sich immer wieder neu diese unerhört leuchtende, unvergleichliche Erdenwelt, die ihnen noch von keiner Stelle im Gebirge so selig verheißend vor Augen gelegen.

Lachten in alle Sonnenfernen.

Rühmten Gottes Schöpfung.

Wurden im Anschauen stumm.

Schritten dann weiter mit frei erhobenen Köpfen, als wenn sie von den glücklichsten Gefühlen Flügel hätten.

Und rühmten und priesen neu die fernen, blauen Hügel, daran Menschen wie an Ölbaumhängen zu wohnen und auch nur zum Lobe Gottes zu leben schienen.

Da fuhr an ihnen vorbei auf der Straße zum Jahrmarkt ein sonderbarer Planwagen mit einer ungeheuer großen, tiefblauen Plane.

Der Wagen selber so blitzblank und blau gestrichen, als wäre er eben erst aus der Wagnerei und vom Anstreicher gekommen. Und der Wagen innen so geräumig, daß man hätte darin tanzen können.

Trotzdem war nur eine einzige, klapperdürre Isabelle davorgespannt, die mit tollem Galopp an ihnen vorbeirollte und tatterte, als wenn der alte Handelsmann sich verspätet hätte oder gar etwas auf dem Jahrmarkt verpassen könnte.

Dabei klang das muntere Geschrei des alten Hudelkopfes, der langatmig und ausgelassen die Peitsche schwang, so anfeuernd, daß auch sie ihre Schritte noch beschleunigten.

So liefen die beiden Wanderfreunde eiliger nun dem Jahrmarkt zu, der schon am Hange nahe mit Fahnen und Wimpeln flatterte.

Und bald waren die beiden Studenten wie zwei hohe Mannesengel, die eine Friedensmission mit sich trugen, unter den Jahrmarktsleuten erschienen.

Der Jahrmarkt wimmelte von Hunderten bunter, sonnegeröteter Bauersleute.

Die jungen Burschen trugen Federsträußchen an der Mütze. Hatten windige Laune in den Augen blinken. Und die Mädchen gingen mit bunten Sträußchen am Mieder.

Da waren allerhand Verkaufsbuden aufgeschlagen.

Die ganze Dorfstraße entlang bis zu dem großen Wirtshause hin mußte man sich durch geschmücktes Menschenvolk drängen.

Vor und hinter den Verkaufsbuden, die lärmend umlagert waren, standen die alten Handelswagen, die Porzellan- und Glaswaren, Steinwaren und allerhand Heilmittel, Kräuter und Salben, auch Zucker und Backwaren, Leinenzeug und Tuchzeug, Mützen und Hüte, Spielwaren und Schnarrteufel, Uhren im Glase und Teufelchen in der Flasche herzugefahren.

Ausrufer machten ihre rostigen Kehlen noch rauher mit ihrem Geschrei.

Bunte böhmische Tücher und Fähnchen wehten überall.

Und um die Wurstkessel und Bierfässer standen Gruppen, Brot und Fleisch in Händen. Oder die buntbäuerlichen, flüggen Mädchen an Zuckerkringeln knabbernd.

Ganze Reihen, breit wie die Straße, kamen lachend und lärmend einher, daß die einzelnen Fußgänger ausweichen mußten. Und die halbwüchsigen Burschen klumpten sich, schrille Pfiffe aus ihren erhitzten, bedrohlichen Mienen ausstoßend, und nach Raube lüstern.

Übrigens hatte auch der tolle Alte längst eine blitzblank blaue, mächtige Bude aufgeschlagen.

Auch er brüllte schon seine Schätze aus.

Die klapperdürre Isabelle benagte hinten den Planwagen.

Und viele Jungen standen bereits und höhnten.

Das Pferd sah wirklich jämmerlich aus.

Aber es warf Blicke wie ein verrückter, jähzorniger Mensch. Sobald man sich ihm nur frech nahen wollte. Schlug aus, als wenn sich jedes Hinterbein in einem Augenblicke um drei Meter verlängern könnte.

Und der alte Hudelkopf achtete dessen gar nicht, brüllte nur immer seine weisen Sprüche:

»Iserin... Iserin... das wird euch Gesindel sehen helfen... denn ihr denkt auch, lieber nur für den Bauch sorgen... durch Auge und Ohr geht bessere Speise als durchs Maul... das werdet ihr freilich nie begreifen... deshalb bleibt die Welt eben voll Gesindel!«

Solche Sätze brüllte der Alte.

Und die Bauersleute alle, und noch schlimmer die Dorfjungen, schrien höhnend dazwischen.

Alles lief herzu.

Aber erst, wie Reichardt und sein Freund auch lachend unter die Zuhörer traten, begann heimlich der Unfrieden, zu dem der alte Isabellenkutscher unter der tiefblauen Plane offenbar noch rechtzeitig hatte zur Stelle sein wollen.

Nämlich der Alte wandte sich jetzt sofort nur an die beiden Studenten, die er damit immer näher an sich heranzog. Und denen er schließlich grinsend und pfiffig immer nur alle Dinge und Steine ausdrücklich dicht vor die Nase hielt, damit es die anderen womöglich gar nicht zu sehen bekamen.

Und wenn sich die Dorfburschen mit den Ellbogen doch herandrängen wollten, puffte er sie, als wenn die beiden fremden Wandersleute etwas Extraes wären, einfach beiseite.

Da wurde der Janhagel natürlich immer frecher.

Der alte Hudelkopf betrachtete am Ende die Studenten richtig mit breitmäuligen Liebesblicken. Und die drängenden und johlenden und frech rempelnden Leute ringsum sah er mit solcher gemeinen Verachtung an, als wenn er ihnen gleich »Gesindel« und »Viehkerl« und allerhand niedrige Namen in die Augen und an den Kopf würfe.

So fing der ganze Jahrmarkt an, immer toller zu schäumen.

Man hatte sich längst hinter dem Rücken der Studenten zu schaffen gemacht.

Man fing an, vereinzelt loszubrüllen.

Ein Junge rief: »Das sein sanfte Heilige!«

Andere brüllten in die Lüfte: »Laffen... Preißenlaffen!«

Andere schrien: »Sanfte Heilige aus der Fremde!«

Andere brüllten lachend: »Nein doch... das sind preißische Erzengel!«

Man hatte den beiden Pappplakate an den Rücken gezweckt.

Es stand mit großen Buchstaben darauf geschrieben:

»Preißische Erzengel!«

Nun merkten sie plötzlich, daß sie genarrt wurden.

Aber da kam es auch gleich derber.

Eine Rotte von halbwüchsigen Jungen, einer fest in den anderen gehenkelt, kam mit Gejohl gegen sie heran. Die äußersten reckten die Ellenbogen wie Henkelkrüge. Hin und her schwankend stürmten sie an und versuchten die beiden Freunde rüde in ihren Kreis hineinzuziehen.

Die beiden waren natürlich ziemlich erschrocken. Und lachten doch noch immer. Weil sie zu einer Balgerei in der hellen Sommersonne auf der vollbesetzten Jahrmarktstraße durchaus nicht gestimmt waren.

Wenn nur überhaupt noch ein paar Augenblicke Zeit zur Besinnung übrig gewesen.

Man hatte den beiden schon unversehens einen Zünder vor die Füße geworfen.

Sie mußten rasch beiseite springen.

Und während sie an den Zaun eines Bauerngartens heransprangen, warf ihnen ein langer, halbbetrunkener, aufgeputzter Kuhknecht eine Hand voll Mehl dicht vor die Augen.

Das alles ging gleich so wirr durcheinander, daß die Studenten nur noch rasch ihre Wanderstecken fest umgreifen konnten.

Und doch hielten sie die Stecken wieder einen Augenblick nur hoch. Noch immer gute Miene zum bösen Spiel machend.

Freilich jetzt mächtig gespannt und scharf nach allen Seiten beobachtend.

Aber da schrien schon alle möglichen Jahrmarktsläufer und sträußchengeschmückte Bengel. Und auch alte, saumselige, vertrottelte Runzelschädel schrien wild durcheinander.

Da flogen auch schon Stücke fauler Holzreste, die ein dummer Junge von einem Lattenzaune abgerissen hatte.

Da hatte der Freund gleich auch losgeschlagen.

Aber Reichardt hatte eine wahre Trompetenstimme erhoben.

Er hatte in die Volksmenge laut und feierlich hineingeredet, wie ein sanfter Pfarrer.

Er hatte gesagt, daß sie friedliche Wandersleute wären. Daß sie ins Gebirge aufsteigen, aber vorher die herrliche Welt um Prczichowitz hätten mit eigenen Augen besehen wollen. Und daß sie diese Welt so herrlich gefunden hätten wie die heiligen Hügel im gelobten Lande.

Jung und alt, Männer und Frauenzimmer, geputzt und bewimpelt, pfiffen und schnarrten und johlten nur.

Die Burschen machten ein Schrillen, daß man dachte, der tollste Sturm pfiffe auf Eisenpfeifen.

Die Worte, die Reichardt mit freiem, furchtlosem Tone noch erzählen wollte, ertranken in sinnlosem Getöse.

Und man begann längst mit Fäusten und Knüppeln ineinander einzuhauen.

Es war auch schon auf Reichardts Arm ein derartig harter Schlag gefallen, daß er hätte sofort müssen aus der Balance kommen, wenn er nicht im selben Augenblicke an den heiligen Georg mit dem Drachen gedacht und mit dem linken Arme jetzt einen Burschen richtig unter seine Knie gestoßen.

Und auch der Freund, der noch handfester wie Reichardt war, wäre in diesem Handgemenge beinahe mit dem Kopfe zuunterst gekommen, wenn er nicht in diesem Augenblicke das eine Bein seines Gegners gewaltsam niedergezogen und den grünrot bebüschelten, gelbzähnigen Bauernknecht jach in die wütende Menge hineingeschleudert.

Aber da war ein *Wunder* gekommen.

Reichardt hat die Geschichte später oft erzählen müssen.

Die alte, blitzblank-blaue Steinschneiderbude war mit der klapperdürren Isabelle im Vorspann jach unter Krachen in die Lüfte gegangen und richtig wie in flatternden Fetzen zerfledert.

In diesem Augenblicke hupften und watschelten über die Wiese auch schon fünf große Dreschflegel her.

Die Dreschflegel hatten etwa zwanzig Schritt vom Wege an einer alten Scheunenwand gehangen.

Diese fünf Dreschflegel schlurten und schlüpften wie kurzbeinige Krokodile immer näher.

Einzelne Burschen, die am äußersten Ende der Kämpfenden durcheinanderstürzten und dieses unheimliche Ereignis mit Augen sahen, wurden fast starr vor Staunen und Schrecken.

Die Dreschflegel hüpften ungestört auf diese mühsame Weise bis auf den Jahrmarkt heran.

Dort fingen sie an, sich von selber etwa so hoch wie ein Mensch aufzurichten.

Da kam in das Wirrsal des Jahrmarktes ein richtiger panischer Schrecken.

Denn jetzt begannen die Dreschflegel, wie von Menschenarmen durch die Lüfte geschwungen, wild und rücksichtslos in das kämpfende Gesindel hineinzuschlagen.

Die tollsten Rädelsführer flohen plötzlich mit gesträubten Haaren.

Aber einer der Dreschflegel und dann ein zweiter hoben sich ihnen nach, wie vertrackte Flügelwesen in den Lüften surrend.

Unterdessen die anderen an alle Ecken und Enden des Jahrmarkts weiter gaukelten und schwankten, richtig wie Pinguine.

Und so kreuz und quer in die Runde hauend, fegten sie die wirrseligen Knäuel, als Reichardt und sein Freund sich längst aus dem Staube gemacht und nur noch manchmal von ferne staunend und lachend auf den zerflädernden Jahrmarktsplunder zurückgesehen.

*

Das war der Jahrmarkt von Przichowitz.

Den haben die beiden Freunde in gutem Andenken behalten.

Auch wie sie auf der freien Kammhöhe neu ihre alte Wanderlust fühlten.

Dann erst waren sie tagelang unbehelligt den Kamm entlanggezogen. Allenthalben freundlich begrüßt von den Baudenleuten. Oder von einem einsamen Wandersmann, wie ihnen in der verspäteten Jahreszeit damals selten einer entgegenkam.

Die Welt, tief und fern, schwoll ihnen neu zu Herzen, je höher die Felshäupter von leisem Winde umwogt lagen, die Bergrücken sich hindehnten und alle Menschenwohnungen in den Tälern unten in Dunst versanken.

Erst am dritten Tage ihrer Wanderung stapften sie dem Koppenkegel zu.

Das einsame, flechtengelbe Steingetrümmer liegt hochgehalten in den Himmel.

Lose Nebel wehten und zerwehten über den steilen, steinigen Zickzackweg.

Eine lockende Kühle kam nach heißer Wanderung froh gefahren, die den leuchtenden Geröllhang auf und den leuchtenden Geröllhang hinunter huschte.

Die einsame, beglänzte Kapelle ragte über ihnen.

Der ganze Berg lag in einem zarten Rosenglanz.

Ein schier liebliches Geflüster herrschte allenthalben in den Lüften und umflatterte ihre Ohren wie ein ferner Sonnengesang.

Keiner von beiden konnte ein Wort aus der Kehle bringen, als sie endlich über die letzten Felsstufen auf die höchste, östliche, deutsche Landeswacht anstiegen.

Alles um sie schien Licht und Wohllaut.

Da haben sie ewig schweigend gestanden.

Da haben sie die Sonne und die ferne Welt und dazwischen den kleinen Klang des Steinpiepers über dem Flechtengetrümmer lange einsam tönen hören.

Wie traumwandelnd und selber mit heimlich singenden Sinnen.

Haben auch noch lange schweigend in der kleinen Kuppelkapelle gestanden, indessen Gustav Reichardt auf die leere Rückseite eines Briefes hastig diese Noten niederschrieb.

Und haben dann das frische Notenblättchen vor den Augen mit jungen, frohen Stimmen in die kleine Kuppelwölbung hoch und durch die offene Tür in die Berglüfte die alten Arndtworte in der neuen, eigenen Weise hinausgesungen:

> »Was ist des Deutschen Vaterland!
> Ist's Preußenland, ist's Schwabenland?
> Ist's, wo am Rhein die Rebe blüht?
> Ist's, wo am Belt die Möve zieht?
> O nein! nein! nein!
> Sein Vaterland muß größer sein.
>
> Was ist des Deutschen Vaterland?
> Ist's Bayernland, ist's Steierland?
> Ist's, wo des Marsen Rind sich streckt?
> Ist's, wo der Märker Eisen reckt?
> O nein! nein! nein!
> Sein Vaterland muß größer sein.
>
> Was ist des Deutschen Vaterland?
> Ist's Pommerland, Westfalenland?
> Ist's, wo der Sand der Dünen weht?
> Ist's, wo die Donau brausend geht?
> O nein! nein! nein!
> Sein Vaterland muß größer sein.
>
> Was ist des Deutschen Vaterland?
> So nenne mir das große Land!
> Soweit die deutsche Zunge klingt
> Und Gott im Himmel Lieder singt.
> Das soll es sein!
> Das große Deutschland soll es sein!«

Und Rübezahl?

Der saß unterdessen wie ein gewaltiger Flechtenblock gegen den Himmel und die sinkende Sonne, und hat urtrotzig wie ein Denker der Welt, der im höchsten Luftkreise atmet, dem Liede zugehört.

Und hat dazu seine Wunder spielen lassen.

Denn an diesem späten Augustabend haben die Leute in Böhmen und in Schlesien gleichermaßen, und wo immer man in der Ferne die Koppe ragen sah, gewähnt, als wäre der Koppenkegel von diesem Liede in lebendigen Brand geraten. So daß er von tausendfach flammender Lohe umgeben im lichtesten Feuer gen Himmel brannte.

Und es hat allen in den Tälern dabei heimlich in Ohren und Herzen geklungen, als wenn aus den höchsten Lüften her die kühnen Worte mit Windgeflatter herniederflögen:

>>Das ganze Deutschland soll es sein!
O Gott vom Himmel sieh darein
Und gib uns rechten deutschen Mut,
Daß wir es lieben treu und gut.
Das soll es sein!
Das große Deutschland soll es sein!<<

*

Das war der zweite historische Tag des Riesengebirges.

Das war eine kleine einsame Feier, als aus den Seelen und Kehlen der beiden Studenten, als käme es aus der Seele des ganzen deutschen Volkes, der alte Vaterlandswunsch in hellem Gesange ausfuhr:

>>Das große Deutschland soll es sein!<<

Und wer Zeit und Raum vergißt, sieht die beiden jungen Wanderer dort oben singend ragen, wenn der Koppenkegel von Goldwolken umgeben im Abendlicht glüht.

Neuntes Abenteuer

Wie Rübezahl sich unter der Teilnahme der ganzen Stadt Schmiedeberg als einsamer König begraben läßt

Nun war wieder einmal Herbst.

Im Lande unten feierte man irgend ein Kirchenfest.

Auch in der Stadt Schmiedeberg feierte man es.

Und Rübezahl war zu diesem Feste mit einem Gepränge wie große Herren in die Stadt eingefahren.

Er hatte aus einer zweispännigen Isabellenkutsche allerhand vornehme Hüllen und Decken in das Gasthaus am Markte tragen lassen.

Man hatte einen gewaltigen, blankbeschlagenen Lederkoffer aus den Gabeln rückwärts geschoben.

Und weil auch der in Federn hängende, große Reisewagen und die Purpurlivreen seiner Diener große Wappen trugen, dachten alle Bürger der Stadt, er wäre ein Fürst oder gar ein König.

Rübezahl war diese Vermutung der Stadtleute grade für den Spaß recht gewesen, den er in dieser späten Jahreszeit, wo alles in das Verborgene kriecht und dann unter Schnee bald begraben ist, tun und treiben wollte.

Denn Rübezahl war und blieb nun einmal der unberechenbare Gauch, der nichts lieber tat, als einfältigen Menschen Kuckuckseier in ihre Nester zu legen, bis die ihr blaues Wunder daraus vorkriechen sahen.

Also lebte Rübezahl in Schmiedeberg auch gleich als eine Art König in dem besten Gasthause am Markte.

Er hatte seinen Wagen mit den Isabellen in alle Lüfte geschickt, die sich wie eine Husche fliegender Herbstblätter beim Hinausrasen aus der Stadt einfach ins Unbestimmte zerlösten.

Er selber saß schon in den großen Vorderzimmern nach dem Markte zu in einem köstlichen, purpurnen Samtmantel eingehüllt.

Er spielte nur mit einer Goldkrone voll blinkender Steine, die er vor den Augen des Wirtes aus dem gewaltigen Reisekoffer bedachtsam herausgenommen. Und zeigte dem Wirte allmählich auch tausend andere Herrlichkeiten der Erde, die in dem Prunkkoffer verborgen waren.

Es war für die ganze Stadt sofort etwas in den Lüften gewesen, was um Rübezahls Ankunft einen richtigen Nimbus verbreitete. Das Gasthaus am Markte war gleich in das Gefühl und Bewußtsein eines jeden Bürgers hineingehoben. Vom Ratsherrn bis zum kleinsten Gassenjungen herab paßten die Bürger alle neugierig und gespannt in die Fenster des ersten Stockwerkes hinauf, was sich wohl darin begeben möchte?

Aber Rübezahl rührte sich nicht ganze zwei Tage lang.

Er saß nur in seinem kostbaren Samtstuhl.

Und legte, solange der Wirt oder die Dienstleute des Gasthauses um den hohen Gast herumgingen, die goldene Krone nicht aus den Händen.

Oder, wenn ihm plötzlich in den Sinn kam, dem Wirt eine besondere Gnade anzutun, griff er mit schönen, langen, bleichen Händen, gleichsam wie nur mit sich beschäftigt, in seinen Prunkkoffer hinein, um die wunderbarsten Kleinode herauszunehmen und sie sinnend anzustarren.

Mit Händen so fein gepflegt wie die Hände alter, französischer Könige, die dazu an allen möglichen Gliedern mit kostbaren Ringen geschmückt waren.

Mit Händen von einer unerhört königlichen Bewegung, ganz als wenn solche Hände im Leben nie zu etwas anderem als zum königlichen Winken oder zum leisen Streicheln von Frauengesichtern, zum Durchgleitenlassen von kostbaren Perlenketten oder von goldenem Frauenhaar, vielleicht auch noch zum behutsamen Brechen einer Purpurrose vom vollen Stocke bestimmt gewesen.

Das war wirklich ein König.

Und in seinem goldverschlagenen Riesenkoffer lagen auch Diademe aus blitzenden Steinen und reiche Perlenketten wie bei einem

Juwelenhändler aus Astrachan. Steinkolliers, groß und kostbar wie Spitzenlätze.

Jeder, der in diese Nähe geriet, dachte gleich, daß das ein *unermeßlich* reicher König sein müßte, der auch viele Untertanen und Günstlinge besäße. Obwohl der hohe Herr zum Staunen der ganzen Stadt alle seine goldbetreßten Lakaien mit dem hängenden Reisewagen stiebend heimgeschickt.

Um ihn webte auch gleich der Hauch geheimnisvoller Zusammenhänge.

Der Wirt und der Apotheker und der Pastor in der Stadt, auch der Arzt und die wohlhabendsten Händler zerbrachen sich am Wirtstisch die Schädel, warum dieser König incognito reiste. Und waren darüber einig geworden, daß er nur deshalb keinen seiner Diener um sich behalten, damit diese Schwätzer nichts über ihn ausplaudern sollten.

Von Anfang an war der hohe Herr abweisend und spröde und zu einem tieferen Zwecke ganz in sich gekehrt. So daß sich um seine Vereinsamung bald ein heiliger Ernst zu breiten schien.

Anfangs hatte er überhaupt nur den Wirt in Person in seiner Nähe geduldet. Sonst war niemanden Zutritt gewährt. Und nur mit der Zeit hatte er den Wirt auch gnädig an den Tisch herangewinkt. Und hatte ihm Ringe und Gürtelschnallen mit indischen Topasen und schwarzen Perlen, und mit Diamanten von Daumengröße vor die Nase gehalten.

Dann hatte er freilich vor ihm auch ganz in die Koffertiefe hineingelangt, wo der Wirt eine Reihe von Beuteln mit Golddukaten hatte mit seinen Augen erlisten können.

Einmal, das war am Abend des zweiten Tages gewesen, hatte er dem Wirt sogar einen Szepterstab mit einem in tausend Farben funkelnden Steinbesatz gewissermaßen zum Anfühlen einen Augenblick in die Hände gelegt. Der aber wie eine doppelte Zentnerlast schwer geschienen. Und den der Wirt unzweifelhaft hätte aus den Händen fallen lassen, wenn nicht der gnädige Herr selber noch immer die Hand fest darum gehalten.

Und unfehlbar hätte beim Falle dieses Riesengeschmeide die Gaststubendiele nach unten in die Wirtsstube hinein einfach durchgeschlagen.

So saß also der überreiche, verlassene König ganz einsam zwei Tage in seinem Hotelzimmer.

Er aß und trank unterdessen die köstlichsten Dinge.

Er hatte den Wirt wie einen aufgezogenen Kreisel beweglich gemacht.

Kein Wunder, daß die Staunensworte des Wirtes, sobald er einmal wieder die knarrende Holztreppe auf die ebene Erde gelangte, wie lustige Zeitungsjungen sogleich in alle Stadtgassen und Winkel, in die Ratsstube und in die Barbierstube, in den Apothekerladen und zu allen Krämern an den Ladentisch rannten.

Schon bei der Ankunft hatte sich vor den Gasthausfenstern ein Haufe Neugieriger auf dem Markte zusammengefunden, der beständig zugenommen und Tag und Nacht nicht mehr davonging.

Manche wollten den großen König auch nur für einen flüchtigen Augenblick sehen. Vielleicht nur eine braune Haarzottel von ihm. Oder einen kleinen, beringten Finger.

Das Kirchenfest war ganz in Vergessenheit geraten oder es hatte wenigstens seinen Charakter verloren. Als wenn es nur noch eine Defiliercour vor des hohen Gastes Fenstern gewesen.

Und schließlich harrten alle Bürger der Stadt sogar fiebernd eines Ereignisses.

Und doch saß der hohe Ankömmling nur einstweilen auf seinem kostbaren Samtstuhl und hatte sich diese ganzen zwei Tage nicht verleiten lassen, das Zimmer des Gasthauses auch nur ein einziges Mal mit dein Rücken anzusehen...

Aber am dritten Tage am Morgen ließ der einsame König den Wirt rufen.

Er empfing ihn feierlich. Saß, nur das mächtige Haupt hinterrücks in die große Samtlehne zurückgebogen. Den samtenen Purpurmantel offen. So daß der Wirt auch die kostbaren, goldenen Unterkleider jetzt sehen konnte.

Und der hohe Herr redete mit zitternder, müder Baßstimme:

»Ich bin hier zu euch gekommen... und das Schicksal überrascht mich... der Tag, der heute für mich noch einmal begonnen hat, wird für mich niemals endigen... ich fühle... ich werde heute sterben!«

Erst nach langer, tiefer Schweigsamkeit, die er mit geschlossenen Lidern verbrachte, winkte er mit seinen langen, bleichen, schönen Händen und königlicher Gebärde nach dem Prunkkoffer hin, der dem Wirte jetzt noch einmal so groß wie sonst erschien. Und der mit hunderterlei geöffneten Kisten und Kasten, mit Zepter und Krone dastand und in dem Morgensonnenschein ein schier verblendendes, unerhörtes Blinken und Blitzen gab.

Und dabei redete der müde König endlich weiter:

»Nämlich... euch habe ich ausersehen, mein Erbe zu sein... meine Kinder sind undankbar und hart gegen mich alten, sterbenden König... meine Untertanen werden immer leben, wie Menschen nun einmal leben... recht und schlecht... heute im Frieden und morgen im Kriege... heute in Samt und Seide... und morgen in Staub und Lumpen... also, mein lieber Eß- und Trinkmeister Kuring, daß auch ich und du an dieser alten Leier nichts ändern werden... nimm du nur den Koffer dort... laß ihn verschlossen in deinen tiefsten Keller tragen... und entnimm seinem tiefen Bauche, sobald ich meinen Geist ausgehaucht habe, noch so viel für mich, daß du mir unter der Teilnahme der ganzen Stadt ein wahrhaft königliches Begräbnis schaffst und mir damit die letzte Königsehre antust!«

Der Wirt mußte alle Kräfte zusammenraffen, um nicht vor Entzücken in einen Lachkrampf auszubrechen.

Er stierte nur, während der offenbar todkranke König die Augen wieder schloß, gierig nach dem Prunkkoffer hin.

Er überschlug innerlich rasch, daß da noch ein Königreich für ihn übrigbliebe, wenn er auch an jeden einzelnen Bürgersmann für seine Begängnisteilnahme einen vollen Golddukaten auszahlte. Und wenn die Glocken von rechts und links eine ganze Woche lang und mehr den königlichen Tod ausläuten würden.

Verbeugte sich fortwährend wie Binsen im Winde.

Begann sich dann aber doch auf das zu besinnen, was in solchen ernsten Augenblicken des Lebens die einfachste Höflichkeit gebietet.

Fragte mit tränenfeuchtem, pusteligem Gesicht und erstickten Worten, ob denn das Sterben unwiderruflich wäre?

Ob man nicht sofort ärztliche Hilfe herbeischaffen sollte?

Ob denn nicht vorher noch etwas getan werden könnte, was dem menschlichen Staubleibe noch einmal wieder auf die menschlichen Staubbeine helfen könnte?

Alles freilich noch immer mit heimlich seligem, tiefem Verneigen, so daß sich die runde Bauchfülle jedesmal wie ein Gummiball zusammendrückte.

Und weil der hohe Herr nur königlich abwehrte, von derlei Menschenwerk durchaus nichts mehr vorgesehen, mit herrischer Gebärde, aber jetzt leise, das nahe Sterben noch einmal bestimmt hatte, geschah dann sofort alles nach seinem königlichen Worte.

Der Wirt wußte in dieser Minute nicht, wie er hinunter auf die Straße gelangte.

Der Wirt stand richtig wie sinnbenommen schon mitten auf dem Marktplatze und flüsterte es überall herum, so leise wie nur ein Spitzbube einem anderen zuflüstert, der eben auch stehlen will, daß der große König im Sterben liege.

Aber dann war er eben so sinnverwirrt mit Zittern und Beben auf Zehen wieder ins Haus gelaufen.

Und während er sein Weib heimlich gerufen und mit ihm den goldbeschlagenen Riesenkoffer aus dem Zimmer des hohen Gastes in den eigenen, tiefsten Keller hinuntergeschafft, ehe das Hausgesinde davon viel wittern konnte, war Rübezahl in seinem samtenen Goldsessel sanft entschlafen.

Und jetzt eilten auf die goldenen Verheißungen des Wirtes Arzt und Pastor und Pfarrer herbei.

Beide Geistliche entschlossen sich, die Sterbezeremonien vorzunehmen.

Die Konfession des entschlafenen Königs kannte niemand.

So kamen sie friedlich überein: »Es war ein König... besser ist besser!«

Der Arzt schrieb unter Beisein der Ratsherren feierlich den Totenschein.

Der Apotheker kam mit den allerfeinsten Räucherungen, das Sterbezimmer auszufüllen.

Die Stadtgärtner liefen Sturm, das Gasthaus mit Blattpflanzen und bunten Blumen wie einen südlichen Garten auszuschmücken.

Das alte, knarrige Gasthaus widerhallte von Arbeitslärm und in allen Winkeln von Weibertränen.

Schon der üppige Geruch von der Fülle Lorbeerbäume, die in Flur und Zimmer standen, betäubte alle Herzen.

Treppauf, treppab waren bunte Blumengirlanden gewunden und die Stufen mit frischen Blüten bestreut.

Man hatte den mächtigen König in einem reichen Metallsarge aufgebahrt.

Feine, offene Silberpfannen rauchten beständig ihren Weihrauch.

Es hatte sich sogar in der Stadt schon die Legende gebildet, daß die königliche Leiche selber diesen wonnevollen Duft ausströmte wie die Leiche mancher Heiligen.

Im Grunde waren alle beseligt.

Im Grunde strömten Trauer und Tränen süß aus aller Blute.

Der Wirt hatte es ja einem jeden Bürgersmanne und Ratsherren, jedem Honoratioren, aber auch jedem Bettelmanne mit gutem Gewissen geheimnisvoll zuflüstern können, daß das Begräbnis wahrhaftig eines Königs würdig sein würde.

Daß es mit Tausenden von Golddukaten reichlich bezahlt werden sollte. Und daß er aus des sterbenden Mannes eigenen Händen zehn Beutel mit je tausend Dukaten für diesen Zweck ausdrücklich erhalten hätte, die noch am Begräbnistage nach Anwartschaft und Würden einem jeden Bürger ausgezahlt werden sollten.

Und nun war der Tag des Begräbnisses endlich gekommen.

Woher plötzlich die langen Kolonnen Soldaten marschierten, die sich sogleich vor den königlichen Sarg setzten, wußte niemand zu sagen.

Und woher die goldbetreßten Purpurlakeien in Hülle und Fülle heranwimmelten, ebensowenig.

Die Frauen der Stadt erschienen alle tief in Schwarz gehüllt, mit fliegenden Floren, mit feinsten Battisten in Händen.

Allen flossen die hellsten, seligsten Tränen.

Allen standen nur fortwährend die zehn Beutel mit je tausend Golddukaten vor ihren Augen.

Ein langer Zug feiner Geschirre mit schwenkenden Pferdehälsen ging feierlich hinter den Scharen trauernder Fußgänger her.

Die ganze Stadt war durchzuckt von glücklicher Trauer.

Das Flattern der Flore auch aus den offenen Wagenfenstern verdunkelte fast die hellen Herbstlüfte.

Und schon wie man den schweren Metallsarg des Königs die knarrenden Treppen im Gasthause niedertrug, war ein schier herzzerreißendes Schluchzen aufgewacht, das über den ganzen Marktplatz weiter gelaufen und sich an den Giebelhäusern im Echo wiederholt hatte.

Von allen Stadtgassen war wie am höchsten Pfingsttage die Menge herangewogt.

Und jetzt schritt sie im unendlichen Entströmen der Tränen feierlich und ernst im Trauerzuge. So daß selbst die Gemüseweiber am Markte und die Schornsteinfegerjungen auf den Dächern weinten. Und auch *die* sich von den Goldbeuteln gelockt ins Trauergefolge mischten, als man den incognito-König der mit aller Schnelligkeit in Stein gehauenen Gruft zutrug.

Aber da mochte schon die richtige, rübezählische Verwandlung vor sich gegangen sein.

Denn wie man so im feierlichen Marschschritt hinter den dumpfen Trommlern und Soldaten hinschritt, merkte zuerst der Doktor, und dann der Pastor und Kaplan, und schließlich auch die beiden reichsten Händler, die alle mit an dem königlichen Sarge trugen, daß durch das allgemeine Klagestimmengedröhn ein fröhliches, um nicht zu sagen freches Lied mit gewaltigerem Tone durchdrang.

Als wenn der incognito-König sich innerhalb des schweren, hohen Metallsarges für sich eine Lust machte.

Die hohen Träger, denn es waren die höchsten der Stadt, nicht nur der Apotheker, auch der Bürgermeister und der Stadtschreiber hatten die Sarglast mit auf ihre Schultern genommen, dachten sofort an Stillehalten und den Sarg zur Erde zu stellen.

Aber da hatte der tolle Gesang doch ebenso plötzlich wieder nur wie eine unbestimmte Täuschung innerhalb des allgemeinen Trauerlärmes geschienen.

Von der tausendfältigen Trauerbegleitung war noch niemand betroffen worden.

Es war nur ein kleines Zögern entstanden. Und der Zug ging im Rhythmus dumpfer Trommeln weiter.

Dann freilich, wie man einmal heimlich aufmerksam geworden war, lauschte der Doktor und Apotheker und Bürgermeister gemeinsam.

Und da hörten sie es wie aus einer Bramarbaskehle schallen.

So daß sie auch die Worte gleich ganz genau verstehen konnten.

>>So will ich lustig schlafen...
Und mausetot im Dunkel sein...
Ich bin der Geist der Berge...
Wie Sommerkorn so klein...<<

Man war auch gerade vor der steinernen, gemeißelten Gruft angekommen.

Da warf man fast den Sarg scheu von den Schultern. Stellte ihn erschrocken vor die Gruft nieder.

Niemand wagte den anderen anzusehen.

Alle horchten nur.

Alle hielten jetzt richtig den Atem an.

Auch die Trommler hatten sofort geschwiegen.

Wunderbarerweise waren jetzt auch Soldaten und Trommler, sobald der Spuk begann, fortgehuscht, als wenn es nur goldene Blätter und Zweige von den dürren Kirchhofsbäumen gewesen.

Aber die Stadtleute kümmerten sich darum gar nicht.

Sie standen nur bleich und erstarrt und horchten.

Und da kam es jetzt wirklich aus dem Sarge heraus.

Schon nicht mehr wie aus einer, wie aus einem ganzen Chore von Bramarbaskehlen.

Und mit unerhörter Feierlichkeit, wie der unheimlichste Grabgesang.

So daß jetzt alle richtig zwangsweise die Hände falten mußten.

Sich die ganze Stadt neu in tiefste Trauer senkte. Als wenn dieser kolossale Gesang erst der Hauptteil der Zeremonie wäre.

Und nun alle lange tief ergriffen mit gefalteten Händen standen. Endlich sogar den Vers auch noch ein zweites Mal unter Geheul und Tränen feierlich mit hinaussangen.

Und wieder lange noch standen, auch wie der gewaltige Chor und auch die Stimmen aus dem Sarge endlich geschwiegen.

Bis allen das ganze Rätselhafte der Sachlage doch neu und klar fühlbar wurde, man sich vollends besann, sich von allen Seiten gleichzeitig um den hohen Sarg drängte, ihn aufschrob und hineinsah.

Nun, da war freilich nichts Königliches drin.

Man sah nur, was der Bauer sieht, wenn er das goldene Korn auf den Ackerboden hingesät und darüber dicke Posten Mist aufgeschichtet hat.

Da kann man das goldene Weizenkorn bald gar nicht sehen und nur die fetten Dungfladen.

Auch in dein Sarge des incognito-Königs lagen hauptsächlich fette Dungfladen, die es auch völlig begreiflich machten, warum der Sarg die Schultern der städtischen Ehrenmänner so unerhört niedergedrückt. Man muß begreifen, daß die Trauerversammlung, wie sie diesen peinlichen Inhalt sah, sich unerhört betrogen fühlte.

Johlend und schimpfend über den mistigen Anblick und mit dem schamlosesten Geschrei, daß dieser Bauernfänger ein gehöriger König gewesen, der frechste, stinkigste Viehkerl, rannte und stob alles toll auseinander.

Da war bald niemand mehr am Sarge geblieben.

Natürlich noch der Wirt. Und auch einige bessere Elemente. Die Geistlichen, der Doktor und Apotheker, und auch die Stadträte und der Bürgermeister.

Die standen noch immer bestürzt vor dem Rätsel und besahen es.

Und der Wirt war noch immer völlig getröstet.

Der wußte ja doch, daß er einen jeden für die reichlichen Mühen und Unkosten königlich bezahlen konnte. Und außerdem noch heimlich die Hauptherrlichkeiten für sich zurückbehielt.

Und wie dann die Stadt in wildem Tumulte vor dem Gasthause sich zusammenscharte, wehte noch immer aus dem Königsfenster bunt wie Blut und weiß wie Schnee eine Fahne, freilich jetzt mit Zauberzeichen.

So daß das ganze Menschengewimmel wild dazu zu johlen begann.

Da war der Wirt ruhig vor die Türe hinausgetreten, eine Ansprache zu halten.

Auch der Pastor trat hinaus und redete feierlich, hier wäre ein Mysterium geschehen, das man durchaus noch nicht erklären könnte.

Und der Wirt schrie ungeduldig dazwischen: aber das Gold für die aufgewendeten Mühen und Kosten und für die Trauer und vielen Tränen würde ein jeder doch gleich erhalten!

Unterdessen auch wieder der Pastor und dann auch der Doktor sich bemühten und umständlich versuchten, das Mysterium zu erklären.

Und noch immer fleißig erklärten und umschrieben, während der Wirt samt seinem Weibe schon in den tiefsten Keller gelaufen war, um die Dukatensäcke aus dem königlichen Reisekoffer heraufzuholen und sie endlich, wie er sich jetzt zum hundertsten Male eilfertig im Geiste überschlug, zur Beruhigung gleich vor die Nase der Leute hochzuhalten und dann vom Bürgermeister nach Verdienst und Würden ordentlich verteilen zu lassen.

Aber jetzt geriet erst der Wirt in richtigen Wahnsinn.

Er griff in stinkende Hundeknochen und Sauborsten.

Er griff gierig hinein, hielt, seinen Ekel mit aller Gewalt zurückdämmend, die Laterne in den Kofferschlund und beleuchtete ganz genau das vermeintliche Goldbehältnis.

Der bestialische Gestank warf ihn ein paarmal richtig zurück.

Er lief schon wie gescheucht die Stufen wieder aufwärts.

Und rannte doch wieder in den Keller hinunter.

Und griff noch ein paarmal wie genarrt in den Unrat.

Und rannte dann in der trostlosen Verwirrung, in die er sogleich geraten war, während er beim Vorüberhasten am Küchentische ein langes Messer im Wahn ergriffen, mit verstörten Blicken und verwirrtem Haare hinaus unter die Leute.

Da war der Marktplatz am Ende doch plötzlich leer geworden.

Die Stadt lag in dieser Nacht bald in unheimlichstem Dunkel.

Alle hatten die Haustüren hinter sich fest verschlossen und horchten in zerrüttetem Schlafe noch immer auf den irrsinnig Gewordenen und auf das wildeste Getöse in den Lüften, das vom Gebirge längst niedergebrochen. Auf dem Marktplatze wehte aus dem Königsfenster die Fahne toll und höhnisch, darauf man jetzt die Worte lesen konnte:

> »Bunt wie Blut und weiß wie Schnee...
> So fährt Rübezahl ins Grab...
> Und wieder in die Höh'...«

Aber wie der Wirt, der wie ein Grasfresser hinaus auf die Felder gestürmt war, sich nächtlicherweile in die Stadt hineintraute, weil er wieder zur Besinnung gekommen war, und zu seinem Weibe ins Gasthaus am Markte durch die Hintertür hineinschlich, zeigte ihm sein Weib lachend eine goldene Schüssel.

Das war die irdene Schüssel, aus der Rübezahl noch vor seinem Tode fünf Liter Blaubeeren mit Appetit verzehrt hatte.

Die hatte er zum Andenken in Gold verwandelt.

Ausklang

Das waren die neun Abenteuer vom Rübezahl.

Darnach ist der Berggeist des Riesengebirges ein gar sonderbares Ding oder Wesen.

Frech und tückisch wie ein alter Gorilla. Auch manchmal wieder so treu und zutunlich wie ein vertiefter, sanfter Sorgenvater, der das Heil bringt.

Aber als ganzer Kerl, oder vielmehr als ganzer Berggeist ist er so schrankenlos wie die Natur selber.

Er steht, wie, man es heute zu nennen pflegt, in seiner Weltanschauung offenbar bedenklich jenseits von Gut und Böse.

Freilich möchten wir kleinen Menschen gerne vergessen, daß auch die goldene Sonne jenseits von Gut und Böse steht, die gelegentlich in böser Laune unsere leuchtendsten Weizenernten in trockenen Staub verdorrt und verwandelt.

Und wie herrlich weit und blau und sanft ist das warme Sommerwetter, ehe es in wildem Ungestüm aufbegehrt, um ganze Inseln mit Menschen und Menschenwohnungen einzuschlucken wie ein gesperrter Haifischrachen eine blumige Qualle.

Wir eingeschränkten Menschen möchten so gerne allen grenzenlosen Dingen Grenzen setzen, um sie zu begreifen.

Rübezahl ist nicht menschlich.

So rührend tief und heiß auch seine Gefühle sein können, so spielen doch seine Register zwischen dem unheimlichsten göttlichen Dämon und dem schmählichsten Lausekerl. So hat er Jahrhunderte und Jahrtausende gelebt.

So wird er weiterleben, solange das hochgehobene, freie Land des Riesengebirges mit Sommerwinden in die klarsten Höhen aufragt und im Winter in die eisglitzerndsten Spielhänge der Bergfrauen und Stürme sich verwandelt.

Die kleinen Menschen werden immer nur imstande sein, einen winzigen Becher aus seinen Bergwassern zu schöpfen.

Sie werden ihn nie ganz begreifen. Weder in seinen letzten Frohheiten, noch in seinen letzten Tücken.

In allem wird er immer der unbegreifliche Berggeist sein, der irgend woher mit noch geheimnisvolleren Schicksalen aus dem Weltenraume ins Riesengebirge vertrieben ist.

 tredition®

Über tredition

Eigenes Buch veröffentlichen

tredition wurde 2006 in Hamburg gegründet und hat seither mehrere tausend Buchtitel veröffentlicht. Autoren veröffentlichen in wenigen leichten Schritten gedruckte Bücher, e-Books und audio-Books. tredition hat das Ziel, die beste und fairste Veröffentlichungsmöglichkeit für Autoren zu bieten.

tredition wurde mit der Erkenntnis gegründet, dass nur etwa jedes 200. bei Verlagen eingereichte Manuskript veröffentlicht wird. Dabei hat jedes Buch seinen Markt, also seine Leser. tredition sorgt dafür, dass für jedes Buch die Leserschaft auch erreicht wird.

Im einzigartigen Literatur-Netzwerk von tredition bieten zahlreiche Literatur-Partner (das sind Lektoren, Übersetzer, Hörbuchsprecher und Illustratoren) ihre Dienstleistung an, um Manuskripte zu verbessern oder die Vielfalt zu erhöhen. Autoren vereinbaren direkt mit den Literatur-Partnern die Konditionen ihrer Zusammenarbeit und partizipieren gemeinsam am Erfolg des Buches.

Das gesamte Verlagsprogramm von tredition ist bei allen stationären Buchhandlungen und Online-Buchhändlern wie z. B. Amazon erhältlich. e-Books stehen bei den führenden Online-Portalen (z. B. iBookstore von Apple oder Kindle von Amazon) zum Verkauf.

Einfach leicht ein Buch veröffentlichen: **www.tredition.de**

Eigene Buchreihe oder eigenen Verlag gründen

Seit 2009 bietet tredition sein Verlagskonzept auch als sogenanntes "White-Label" an. Das bedeutet, dass andere Unternehmen, Institutionen und Personen risikofrei und unkompliziert selbst zum Herausgeber von Büchern und Buchreihen unter eigener Marke werden können. tredition übernimmt dabei das komplette Herstellungs- und Distributionsrisiko.

Zahlreiche Zeitschriften-, Zeitungs- und Buchverlage, Universitäten, Forschungseinrichtungen u.v.m. nutzen diese Dienstleistung von tredition, um unter eigener Marke ohne Risiko Bücher zu verlegen.

Alle Informationen im Internet: **www.tredition.de/fuer-verlage**

tredition wurde mit mehreren Innovationspreisen ausgezeichnet, u. a. mit dem Webfuture Award und dem Innovationspreis der Buch Digitale.

tredition ist Mitglied im Börsenverein des Deutschen Buchhandels.

Dieses Werk elektronisch lesen

Dieses Werk ist Teil der Gutenberg-DE Edition DVD. Diese enthält das komplette Archiv des Projekt Gutenberg-DE. Die DVD ist im Internet erhältlich auf **http://gutenbergshop.abc.de**